KB153149

팔순의 어머니께서 아들의 시집을 읽으시네

**실천문학시인선 045**
**팔순의 어머니께서 아들의 시집을 읽으시네**

2021년 3월 31일 1판 1쇄 인쇄
2021년 3월 31일 1판 1쇄 펴냄

| | |
|---|---|
| 지은이 | 이용호 |
| 펴낸이 | 윤한룡 |
| 편집 | 신한선 |
| 디자인 | 윤려하 |
| 관리·영업 | 이소연 |

| | |
|---|---|
| 펴낸곳 | (주)실천문학 |
| 등록 | 10-1221호(1995.10.26) |
| 주소 | 남양주시 퇴계원읍 퇴계원로 52 405호 |
| 전화 | 02-322-2161~3 |
| 팩스 | 02-322-2166 |
| 홈페이지 | www.silcheon.com |

ⓒ 이용호, 2021

ISBN 978-89-392-3066-8 03810

이 도서는 2020년도 아르코문학창작기금 지원사업에 선정되어 발간된 작품입니다.

실천문학 시인선 045

# 팔순의 어머니께서
# 아들의 시집을 읽으시네

**이용호** 시집

실천문학사

# 제1부

# 제2부

# 제3부

## 제4부

제1부

# 회룡포*

근원을 알 수 없는 곳에서 바람을 타고 온 것들은
이곳에 모두 모였다, 직선도 머리를 숙이고 휘돌아나가는 곳
누군가는 서쪽이라지만
그건 아무도 해독할 수 없는 암호와 같은 것
태초에 불어온 조상의 숨결들이 긴긴 강물에 몸을 의탁하면
어느새 가까워지는 모래사장 그 어디쯤에
다가갈수록 커져만 가는 언덕에서 하룻밤 유숙을 하고
나그네는 서둘러 발목을 꺼내 잠시 햇빛에 말려 본다
부르튼 채 젖어 있는 강가에선 속수무책
노송 아래 묻어 있던 추억들 샛별처럼 떠오르는데
두고 온 소백산맥의 계곡 그 어디쯤엔
첫사랑의 소쩍새들이 과거의 한 굴레를 관통해 가고 있었다
직선을 잃은 것들은 여지없이 쓰러지기만 할 때에도

---

* 경상북도 예천군 용궁면 회룡포는 예천읍으로부터 약 17km 서쪽에
위치하며 문경시와 경계를 이루고 있다. 낙동강 지류인 내성천과 금천
이 남쪽과 서쪽으로 흐르고 비옥한 농경지가 잘 형성되어 농산물을 생
산하는데 좋은 여건을 갖추고 있다.

그대는 한동안 정신을 잃었는지 모르지만

단 한 번의 순례로 언덕을 만나 사랑을 하고

기러기의 발을 잡고 울기도 했을 날들엔

서둘러 결별을 각오한 물길들이 서슬처럼 번져 나갔다

그대는 근원을 알 수 없는 곳에서

겸손하게도 두 손을 모으기만 한다

누군가는 곧 떠나겠지, 저 언덕을 넘어가겠지

우리들 삶의 강둑에는 항상 슬픔이 존재하지만

나는 이제 하나도 뉘우치지 않고 싶다

발목이 시리도록 모래바람이 휘몰아쳐 온대도

바짓가랑이를 조금 걷고 섬세한 모래 언덕에 청춘을 묻고 싶다

바람을 만나 더욱 아름다워진 것들이 바람에 제 몸들을 씻고

정착할 수 없는 벗들은 기어이 뼈를 묻는 곳

노을이 닿을 수 없는 곳에서 갈대의 묵시록을 읽는 동안

여울들은 밤새 철야 작업을 하며

쉬지 않고 제 몸의 때를 벗겨 공양하는데

이제 나는 어디에서건 함부로 무릎을 굽히지 않으리라

저 언덕으로 해가 진다, 서둘러 물결이 휘돌아오는 결정의
입자들

환하게 웃으며 이제 한 생이 이루어진다

# 신두리* 해안사구

바지락을 캐낸 아버지의 장화가 갯벌에 납작 엎드려 있다
해 질 녘 마을 뒤로 바다는 시커먼 몸을 뒤척였으나 그것도 잠
시, 고된 몸을 누인 바다의 앓는 소리가 바지락바지락 갯벌에
서 숨을 쉰다, 가거라, 네가 가고 싶은 곳으로. 아버지께서 어
르시는 소리가 파도 소리에 자맥질하며 번져갔다

아버지의 터전은 한때 소금밭이 되어 새하얀 결정체들을 피
워 올렸다 내 삶엔 이게 다란다 보여 주시듯 새벽이 되면 어김
없이 아버지는 바다에 가서 몸을 누인다 해송의 발자국이 닿
을 때마다 주름이 펴지던 시간의 결들, 갯방풍 꽃잎에 누대를
거치며 기약 없는 다짐들만 쌓여 갔다 미처 지지 않던 노을이
해안의 노안에 희미해져 갈 때면 스스로 성장하며 깊어가는
꼬마물떼새의 울음소리들마저 북두칠성처럼 빛나고 있었다
　신산했을 잠자리는 도처에도 있는 법, 대처로 나간 벗들이

---

* 충남 태안군 원북면 신두리. 우리나라 최대 규모의 해안사구 지역으로
서 그 원형이 잘 보존되어 2002년에 해양수산부에 의해 생태계 보존지
역으로 지정되었다.

14

각자의 몫만큼 초라해져 고향으로 돌아오면 혼자서 부두를 지키고 서 있는 낡은 목선 한 척 스스로 나아가 조류에 몸을 뒤척인다 이제야 돌아오는 것들을 조용히 거두는 순간 아아 젊었던 날에 모든 것을 걸 수만 있다면, 숭어의 울음소리가 달빛에 젖어 제 고요를 뿜어내고 있을 때였다

한순간의 욕정으로 타오르기만 하던 격랑의 파도들이, 수평선을 잠재우며 눈처럼 빛나던 물결의 어스름들이 어느 지점에서 사라져 가는지, 아직 남아 기우뚱거리며 서 있는 목선 한 척 별빛을 깜냥질하며 그리운 이름들을 갯벌에 밀쳐 낼 무렵,

차단된 뱃길마다 끊임없이 나아갈 길이 열렸다 어기여차, 아버지께서 힘껏 닻을 들어 올리신다 돌아왔으면 이제 한평생 같이 살자꾸나 찌그덩 노 젓는 소리에 막 잠에서 깨어난 왕소똥구리 한 마리 모래 언덕에서 두 눈을 껌벅이고 있었다 아아, 눈이 부시다

# 오이도 등대

세상의 끝에서 그대를 지킨다는 마음으로 오늘의 수평선을 바라보고자 합니다 가도 가도 끝없이 넓은 하늘로 필사의 각오를 하고 바닷새 떼들 날아가지만 새롭게 버려야 하는 것을 너무나 잘 아는 까닭에 절반은 물에 가두고 나머지 반은 빗장을 열어 둔 채로 그대를 받아들입니다 전에는 허공을 향하여 내 안에서 타오르는 소중한 것들을 무조건 내놓았지만 정작 셈을 하고 미래의 손익 분기점을 생각지는 않았습니다 그 무엇을 원하지도 않았으니 당장에라도 달라질 건 없을 것입니다 서서히 다가오는 태풍도 점차 사그라든다는 일기 예보를 듣고 나니 이제 마음 놓고 시선은 저 능선 위에 떠 있는 별들에게도 주고 싶습니다 얼마 전 내린 폭우로 이것저것 쓸려갔을 지상에서의 걱정도 저만큼 쌓여 있을 테지만 바람이 잦아들면 또 해가 떠오르듯이 남부럽지 않을 것들도 서서히 내어놓을 것입니다 시선을 거두는 곳에 새로운 항로를 묻고 그대에게 보내는 기호에 민감하듯 부름에 응하는 것들에게는 마음에 꺼지지 않을 오롯한 등불 하나 계속 켜두겠습니다 그러다 하늘에서 임종을 고하는 별똥별 하나라도 떨어지

면 폭풍우 속에서도 떨고 있을 그대를 살피는 일 또한 잠시
도 거르지 않을 것입니다, 그럼 이만 총총

# 삼길포항*

그대가 나의 미래를 물어봤을 때
나는 차마 말을 할 수가 없었지요


내일의 일들이
삼길포항 부둣가에 널려 있을 때
내 원망 소리도
저 멀리 바람을 타고 날아가 버렸습니다


삶은 왜 이리도 누추한지
새우 과자 한 줌에 이름 모를 갈매기는 울어대고
되돌아올 길 없는 세월이란 것들이 참
저렇게 저물어 가는 섬 주변으로
썰물처럼 빠져 나가고 있었습니다


잡으려고 해도 잡을 수 없었던 건

---

* 충남 서산시 화곡리에 위치한 어항.

그대의 손목만이 아니었겠지요

삼길포 삼길포항
뱃전에 부서지는 파도마다 새겨지는
내가 그대에게 끝내 말하지 못했던
말 한 마디처럼

저물어 가는 부두의 밤바다는
그대처럼
늘 말이 없었습니다

# 노적봉*
— 나의 칼이 가는 길


여기는 더 이상 물러설 곳 없는 세상의 끝

유달산 밤바람에 나뭇잎은 제 집으로 돌아가고

작은 달빛 하나 적들에 가려 떠내려간다

얼마나 많은 것들을 쌓아야 할까

비어 있는 포구마다 가득 채워지는 적선의 진

나의 군사들은 가끔씩 한숨을 쉬며 활시위를 당겼다 풀었다

전라 좌수영의 울돌목을 지나 고하도 앞바다까지 내쳐 온 길

유달산의 핏빛 노을이 유달리 아름다웠다

한산도를 거쳐 명량까지 한달음에 달려왔어도

마음은 매양 백성들의 곡소리에 귀 기울이고 있었다

병들어 누운 이 산하 강토를 생각하면

적들의 가슴 위에 한 줄기 글씨를 새겨 넣어야 했다

피비린내 웅숭깊어진 조선의 혼을 새겨야 했다

붓을 들면 시야에 들어오는 흰 모시 적삼

---

* 전남 목포시 유달산에 있는 거석 봉우리. 임진왜란 때 이순신(李舜臣) 장군이 이 노적봉을 짚과 섶으로 둘러 군량미가 산더미같이 쌓인 것처럼 보이도록 위장하고서 적을 공략하였다고 한다.

임진년 내내 나의 백성들은 적들에게 시신마저 끌려다녔다
마을마다 백성들의 시신을 태우는 냄새가
하늘로 올라가 일월성신이 되었다
부릅뜬 눈을 감을 때마다
도륙당한 아이들의 우는 소리가
젖가슴이 잘린 아녀자들의 절규가
장산도 거쳐 고하도의 벼랑까지 들려왔다
떨리는 오른팔을 왼팔로 잡고
외로운 이 산하에 칼 한 자루로 볏짚을 쌓으며
쌓여가는 봉우리마다
백성들의 터져 나오는 울음을 날려 보내고 싶었다
공맹(孔孟)의 도리는 벌써 의주를 넘어
이 지상을 가볍게 건너갈 기세인데
힘과 쌀은 여기서도 목숨을 지키는 파수병이 되고
백성의 침묵들은 하나 둘 굳어가기 시작했다
백의종군의 뜨거운 한숨으로 남고 싶었어도
이젠 너무 늦은 것 같다

앞에 남은 건 알 수 없는 숫자의 적선뿐

흐려지는 시야에 가득 모래알이 씹혀 왔다

지친 바람이 휴식을 취하는 전선(戰船)에 앉아

칼집을 매만지다 말고 가슴을 한 번 쓸었다 내린다

조선의 바람은 이미 썩어 있었다

안개와 함께 무수한 적선이 유달산 위로 날아올라 갔다

나아가야 할 자리가 곧 나의 죽을 자리임을

노적봉 너머 아득한 수평선에

나의 칼이 울고 있었다

# 삼학도*

이 세상 어디에도 없을 것 같다가
기어이 존재하는 곳이 있네
노모의 가슴 같은 절벽을 애처롭게 기어오르다가도
한 번 되돌아보면
그 아래 삶보다 더 높은 봉우리가
이승과 저승의 경계를 이루고 있었네
눈처럼 지상에 내려앉아 그대를 바라보는
새가 있었네, 슬픔처럼 내리고 있는
그대가 있었네

포구의 학 세 마리 꺼억꺼억 울다가도
차마 아득한 사랑을 이기지 못해
지상의 경계에서 서성대다가
아니지. 그게 아니지
고개를 숙여 부리를 서로의 가슴에 파묻고는

---

* 전라남도 목포 앞바다에 있던 섬. 세 마리 학이 내려앉아 생겼다는
전설이 있다.

기어이 한 사랑을 다시 펼치고 있었네

삼학도 지나 고하도까지
용머리에 얹혀서라도
다시 하늘로 비상하고픈 마음에
그대가 숭배하려던 모든 사랑은
결국 저 속에 있었음을
언제나 그대가 죽음이라고 믿던 것들이
날개에 묻어 한세상을 떠나가고 있었음을

삼학도에 눈 내리는 날 사랑도 내리고 있었네
삼학도 파도 깊이** 학의 울음도 내리고 있었네

---

** 이난영의 가요「목포의 눈물」의 한 구절.

# 오천항*

하루에도 열두 번

그대를 만나고 싶은 마음이 밤새 말 달려와

이곳에 닿았네, 오천항

별빛은 밤을 철야하며 반짝이고 있는데

오천항 충청 수영 성곽길을 에둘러 와

그대의 지친 얼굴에 바닷바람만 맴돌아 가고 있었네

정박해 있는 수많은 배들도

차마 띄우지 못한 오천항 어디쯤에

충청 수영의 절도사가 살아 있어도 감히 명령할 수 없었던

그대에게 부치고 싶은 마음 한 구절이 있었지만

한 줌 파도에 실려 그대에게 띄운 엽서는

언제나 수취인 거절로 돌아오기만 하지

긴 봄밤을 가슴앓이하며 서 있어도

내 마음이 끝내 도달할 수 없었던 곳

이제사 오천항에 표류해 와 그대에게 술 한 잔 기울이노니

---

*  충남 보령시 오천면에 있는 어항.

삶은 왜 이리도 고달픈지

그대는 왜 기억 속에서만 피어나야 하는지

세상은 또 그렇게 나를 두고 떠나가기만 하는지

그대는 끝내 내가 출항하지 못한 오천항 어디쯤에서

조약돌 하나로 서걱대고 있을까

새벽잠에 이슬로 다가와 흐느끼고 부대끼며

세상에 뒤척이는 돛배 한 척으로 남아 있을까

# 월내항*

어부들마다 그물을 내다 널었다 멸치를 터는 족족 메말라
버린 추억이 황량한 해안선을 휘감아 돌았다 더 이상 꽃을
피울 수 없는 시퍼런 물결이 거칠게 포효하며 이곳의 부귀영
화가 한때의 기억이었음을 가르쳐 준다 생산을 멈춘 곳에 피
어나는 이름 모를 풀들 저마다 힘에 겨워 바람이 불 때마다
비명 소리를 냈다 내륙에서 버림받은 꽃씨들은 이곳에 와서
야 바다를 건너온 제 몸의 뿌리를 내리려 발버둥이 쳤다 부
두에 올라가서야 염기가 한때 자신의 존재를 하얀 가루로 알
려 주는 곳, 폐사지의 주춧돌처럼 가도 가도 바다의 민낯이
있을 뿐

오늘의 고단함을 목에 두른 사내가 아내의 슬리퍼를 담은
비닐봉지를 흔들며 걸어간다 부두에서 마을까지 이백삼십오
센티미터 딱 그만큼의 저녁 햇살이 소금기에 노랗게 물들어
있다 늦봄의 바람이 피부에 닿을 때마다 그물을 들어 올리던
사내의 허리가 활처럼 휘어졌다 머리를 감을 때 멸치 비늘이

---

27

너댓 개씩 튀어나오고 그럴수록 사내는 샴푸의 양을 늘려야 했다 바람의 함성이 훑고 지나가자 이내 견딜 수 없는 고요가 내려앉았다 항구의 불빛은 바다에 모든 것을 기대고 서서히 점등돼 갔다

　사내가 제방에 앉아 소주를 마시며 바다를 바라본다 제 몸 하나 추스르기에도 버거운지 바다도 가끔씩 말을 걸어온다 어떨 때는 자신의 족적을 남기려는 듯 사내 주변에 한창 머무는 때도 있었다 바다도 작은 가슴으로 한세월을 버틸까 먼저 세상 떠난 아내의 음성이 모래사장으로 가끔씩 기어나온다 무정한 사람, 슬리퍼 하나 사서 내일은 아내의 산소에 가야겠다고 사내가 거친 숨을 몰아쉬었다 가게에서 흥정을 하는 아낙의 그림자 위로 아내의 환영이 멀리서 장맛비로 밀려오고 있었다 사내는 눈물을 훔치다 말고 바다가 전해 주는 비릿한 냄새를 맡는다 그래, 이젠 일어나야지 내 생애에 가장 빛나던 순간으로 다시 돌아가자, 집으로 걸어가는 사내의 등 뒤로 수평선이 아득히 출렁이고 있었다

# 방파제

익숙한 손짓을 해대며
우리는 점점 밀려왔다 밀려갔다
항상 그것이 모든 것을 결정했으니까
그렇게 오다가 내게서 다시 튕겨지듯 멀어져 갈 때에는
어디선가 부서지는 소리가 나기도 했다
치명적으로 익숙한,
아슬한 균형이 서툴게 굳어졌다
모두에게서 떨어져 나간 저 푸른 것들에게도
평등의 노래가 울려 퍼졌다
아득하게 포물선을 그리며 내려오는 달빛도
서툰 가슴을 헤치며 밀려오는 해풍도
자꾸만 평행을 이루기만 했다

내 위로 넘어가는 건 용서할 수 없어
오래 전 연인처럼 귀엣말이 울려 퍼질 땐
이대로 제단을 하나 쌓고 싶었다
우리 사이는 투명한 햇살 같았다

과하지도 모자라지도 않게

서로의 가슴팍에서 적당히 멈출 줄 알았다

태초의 본분을 잃어버린 채

몇 억 년의 빛들이 다시 억겁의 시간 속으로

단 한 번도 같은 속도로 불어오지 않는 바람에게도

너라는 암호에 둔감한 사랑만이 파도가 될 수 있듯이

우리는 계속 그렇게 평등을 유지하며

# 격포(格浦)*


내리는 눈마저 이렇게
한순간 세상을 침묵하게 만들 수 있을까


그대에게 밀항할 수 있는 힘이
아직도 내게 머뭇거리고 있을 때
그대를 스쳐간 모든 것들은 긴긴 세월 동안
저 백사장 모래 틈틈이 스스로를 유폐하고 있다


끝내 당도할 곳을 몰라 헤매다가
작은 것들을 잃어버린 순간에도
세상의 전부를 다 잃은 것처럼 절망하던 때도 있었다


하염없이 떠나가던 것들을 목 놓아 부르면
어느새 작은 석벽들은 주름처럼 포개져
이곳 격포에서

* 전라북도 부안군 변산면 격포리. 변산반도 국립공원에 속해 있다.

천억 년의 고독과 결연하게 맞서고 있으니

격렬한 포구의 갈매기들은 여전히
바다를 향해 서럽게 울어 대고
지나간 생들
서럽게 밀려왔다 밀려갈 때에도
다시는 정박할 수 없는 목선처럼
비열하게도 휘날리던 포구의 눈

그대가 아파하던 곳에서
하얗게 피어나던 저 모래사장의 끝
그 끝을 향해 침몰하는 눈도 끝내 도달하지 못한
길고 긴 고독의 석벽들

# 천리포*

천 개의 사랑일까

만 개의 결별일까

그대가 셀 수 없는 모래알 되어

천 개의 만 개의 어혈(瘀血)로 뭉쳐 있지는 않을까

부처도 답장 없는 그대의 마음을 읽던 순간에도

이곳 천리포의 노을은 내려앉았을 테지만

내게서 부서져 간 추억들은 천 개의 사랑으로도

만 개의 상처로도 다 풀어내지 못할 것들뿐이야

천리포의 모래알을 다 세어 본들

결별을 알리며 꽃잎처럼 떨어졌던 날들은

이제는 다시 돌아오지 못할 테지만

썰물들

변함없이 제집으로 들어가는 저녁 그곳에 가서

내게 성호를 그으며 다가오는 바람의 내면을 들여다봐

천 개의

---

* 충청남도 태안군 소원면 의항리에 있는 해변.

만 개의

모래알로 부서지며

떠나간 것들은 왜 그렇게 남겨져야 했는지

가뭇없이 돌아오지 못하는 건지

이리도 모를 것들만 저물어 가는

천 개의 사랑

만 개의 결별

# 풍천장어

바람이 너를 만나 더욱 아름다워졌을 것이다
하늘도 휘돌아 나가 끝내 도달하지 못한 곳
이곳에서 퇴로를 잃은 채 숨 겨워하며
어디든 떠나갈 수 있는 모든 물결들까지도
한사코 풍천에 뼈를 묻겠다고 한다
갯지렁이들도 제 몸을 강물에 한 번 씻고는
이내 아름다워질 수 있을 거라고 확신하던 밤
오랜 세월 기다리던 그대는
아직도 이곳에 오지 않을 거라며
수없이 발설하는 물결들이 떠돌아다닌다
별들의 지문이 닿을 수 없는 곳에서
갈대의 부음을 듣는 시간
기다림이란 결국 바람에게 인사를 하면서
먼 순례의 길을 뚜벅뚜벅 건너가는 것이다
노을이 제 몸을 서서히 배설하기 시작하는 강둑
제 한 몸 부대끼기에도 벅찬 여울들은 밤새워 흐느끼다
철야 작업에 지쳐 제 몸의 때를 벗겨 공양하는데

갈대숲에서 치어들을 감싸 주던 별들마저
긴 생명의 길목으로 숨어 버리는 날
성호를 그으며 휘몰아치는 바람에도
촘촘한 그물로 하루를 최후처럼 보내는
고깃배들과 힘겨운 사투를 벌이더라도
나는 결코 이곳에서 무릎을 꿇지는 않으리라
그물이 휘몰아칠 때마다
태평양 망망대해에서, 괌에서, 사이판에서
단련된 지느러미 근육들은 힘찬 날갯짓을 하고
바다의 길목에서 교향곡을 울리며 사라져 간
기나긴 여로의 동료들을 그리워한다
스스로 단련되는 것들은 뒷모습도 아름다우리
아득하게 그물이 비명처럼 떨어지던 때였다
물결에 튀긴 은비늘이 서서히 하늘로 올라가기 시작했다

제2부

# 정암루 솥바위*

의령 땅 정암루 아래 솥단지 하나 걸려 있다

원래는 남산에 은거하고 있던 솥바위

그곳에서 솔향기와 박새 소리에 묻혀 한 시절 보내고 있
었는데

이를 어쩌노 이를 어쩌노

난리가 나 도적들이 떼 지어 쳐들어오니

할 수 없이 손발 다 들고 얼른 일어나

정암루 아래 쿵하고 내려가 터를 잡았는데

원래 있던 산비탈에서 구르고 굴러 이곳까지 오느라

솥바위 아래 무르팍이 다 닳아 없어졌다


눈을 감고 물 위에 떠 있으면 어느새

지루하고 긴 배고픔을 안고 오는 아이들

긴 창을 들고 힘껏 활시위를 당기던 의병들

도륙당한 백성들의 곡소리가 울려 퍼져

---

* 경남 의령의 남강물이 유유히 흐르는 철교 아래에 가마솥을 닮은 바
  위 하나가 보이는데 이것이 바로 정암루 솥바위이다.

가슴에서 우러나오는 눈물로 밥물 맞춰 쌀을 안치면
석류꽃은 노랗게 피고
박새와 햇살이 주위에 진을 치고 앉았다

수직으로 올라가다 고개를 숙이는 저 억새처럼
가을을 울어대는 바람의 소리를 잠재우기 위해
솥바위는 묵묵히 자리를 지키고 있었다
함성과 울분이 백성들을 이곳으로 데리고 올 때에도
봉분과 상여도 멜 수 없는 시신들을 눈물로 떠나보내니
아아! 아득한 것들은 흔들림 속에서도 솥바위 곁으로 저물
어 갔다

언젠가 첫 마음으로 돌아갈 날이 온다면
커다란 솥단지 하나 정암루 바위에 툭 걸어두고
세상 굶주린 백성들 다 먹여 살리겠다고
새벽 달 이슬 같은 마음으로
솥바위 한 채 물 위에 두둥실 떠 있다

# 노도(櫓島)*의 밤


앵강만을 건너올 땐 왜 몰랐을까?


벽련 마을 포구에 이르러서야 어스름하게 보이는 섬의 빙
의, 꿈속에서 어머니의 손을 잡다가 놓쳤다 이게 다 운명이
려니 생각하거라 어머니의 손마디에서 또 하나의 무릎이 꺾
이고 있었다 눈앞에 보이는 섬이건만 건너가는 짧은 뱃길에
속을 다 게워냈다 바닥에 납작 엎드리시오 나이 지긋한 어
부가 노를 저으며 무심히 말했다 이렇게 며칠을 견딜 수 있
을까


낮에는 바다에 나가 해초를 캤다 밤이 되면 먼 바다에서
동백숲 사이로 무수히 많은 소식들이 별이 되어 날아왔다
어제는 죽 한 그릇 먹지 못했다 적객주인**은 며칠째 소식을
끊었다 이곳에 내려주고 떠나가던 어부의 막막한 눈동자가

---

* 노도는 경상남도 남해군 이동면에 딸린 섬으로 남해군 상주면 벽
  련포구에서 1.2km 떨어져 있다. 서포 김만중(金萬重 1637~1692)이
  유배되었던 곳으로서 그는 1689년(숙종 15)에 이곳에 와서 1692년
  (숙종 18) 56세의 나이로 생을 마감했다.
** 유배 온 죄수를 관리하는 일을 맡은 사람.

가슴에 아려왔다 아득한 섬들은 바다 건너에만 있는 게 아니었다 바다에 나가 따 온 해초를 햇볕에 말리고 솔잎과 피를 빻아 죽을 끓였다

여기에서는 시간이 느리게 가는 게 보였다 그동안 세상을 향해 내뱉었던 말들이 말을 바꿔 타고 밤의 침묵으로 되돌아왔다 모래알처럼 지난 시간들 다시 모으려 해도 뿔뿔이 흩어지는 것들을 가슴으로 부여안을 수밖에 없었다 어머니께 편지를 쓰다 방바닥에 엎드려 짐승처럼 울었다 어부들에게서 얻어 마신 농주 한 잔에 불그레한 얼굴을 우물에 비춰 보다 나도 모르게 피식 웃고 말았다


대숲에 미끄러지는 거센 바람이 벌써 삼일째, 바다 건너 소식은 이제 올 일 없는데 포구에 나가 서성대다가 돌아와 때가 낀 저고리를 빨아 널었다 방 안에 고여 있는 해충들의 사체를 내다버릴 때 눈물이 땀방울에 섞여 떨어졌다 기어서 건너온 바다에 스스로를 가둔 서글픈 사내가 봉두난발 방안을 서성거렸다 햇살이 해풍에 말없이 미끄러져 갔다

# 선몽대*

강바람에 전해오는 무게에 향나무 가지 가득 휘어져

누군가 날개를 달아 줄 것만 같던 오후의 한때

간지러운 겨드랑이 닦을 때마다

어제의 날갯짓은 오늘의 일부가 된다

소식 한 점 날아오지 않는 날이 계속되어도

발목은 늘 떠날 수 없는 수면 위에 떠 있었다

이렇게 살아도 되는 것인지 어떻게 살아야 하는지

스스로 묻고 또 물으며 궁리하는 동안

새로운 날개는 안에서 속절없이 솟아오르기만 한다

날아오르다가 추락한 곳에는 버려진 추억들만

일 년 내내 고요하던 백사장을 맴돌다 가버렸다

한 번 날갯짓을 하자

땅에 뿌리를 내린 것들은 서서히 동요하기 시작한다

어둠이 스스로 그림자를 내려놓으면 열리는

---

\* 경상북도 예천군 호명면에 있는 명승지로서 1563년(조선 명종 18)
퇴계 이황의 문하생인 우암(遇巖) 이열도(李閱道: 1538~1591)가 세
운 정자이다.

네 발 달린 짐승들이 모두 가라앉는 밤

하늘로 오르지 못하는 것들은 이내 둥지를 틀고

동굴을 만들며 저마다의 비극을 하나씩 주장한다

늙지 않을 것만 같던 버드나무 한 그루 스스로 허물을 드
리우며

한없이 높은 제 삶을 내려놓아도

버려야 할 것들은 차곡차곡 중심에서 스러져 가고

잊히지 않기 위해 스스로를 선동하던 기러기들만

언제나 한 자의 침묵으로 늙어만 간다

# 죽호정*

용암도 잠시 쉬어 가는 길목에 서서

누군가 내 종아리를 들춰본다 해도

절벽 아래까지 뿌리 내렸던 전쟁의 흔적마저

누가 있어 일일이 다 덮을 수 있을까요

그대가 내 위에 한 치의 오차도 없이 내려앉던 순간들

설령 그대가 견고한 굴레가 될지라도

발등에 한 줄기 맑은 빛을 뿌려주는 저 별들에게조차

굳은 내 마음 내어 줄 순 없겠지요

관군이 대오를 지어 지나갈 때에도

서두르며 의병들이 머리 띠 헤쳐 풀고 진군할 때에도

종아리 아래 스치는 것들은 모두 이별을 고하겠지만

은밀하게 다가오는 그대의 체취를 돌 속에 묻은 지금

붉은 작약 한 송이를 넋 놓고 바라보고 있어요

그대가 버리고 온 시간들이 터벅터벅 걸어오는 저녁의 한때

잠시 곁에 왔다 사라져 버린 의로운 결의들은

---

\* 경상북도 예천군 지보면 신풍리에 있는 정자로서 임진왜란 때 의병
을 일으켰던 죽호 윤섭(1550~1624)을 기리며 후손들이 세웠다.

오래 전 산허리에 정박해 있던 노을을 데리고 돌아와요

그대가 켜 놓은 밤하늘의 별들처럼

세상이 불러준 생의 소망들은 쓸쓸히 멀어져 가겠지만

환한 당단풍잎 스스로 사그라드는 고갯마루엔

그대가 부르던 군가(軍歌)가 울려 퍼져요

사랑이었다가 원망이었다가 내게로 와서는

기어이 행복으로 가라앉는 그대의 이름들

이곳에 와서야 겨우 내려놓아요

가볍게 내 앞에 쓰러져 있다가

발밑으로 와서야 비로소 누설되는 저 세계의 끝은

이제 다시 볼 수 없는 참회였을까

잠시 내 삶을 살았던 그대여

아득하게 멀어져 가는 그대여

발목에 해일처럼 쌓이는 달빛만이

제 종아리를 하염없이 비춰주고 있습니다

# 황토현*

1

작은 개망초꽃 한 송이도 여기 와서는

저마다의 망명 정부 한 채씩을 세우고 있노니

남아 있는 것들 벌판에서 고개를 꼿꼿이 세운 채로

먼지바람 살짝 일면 가슴팍을 헤쳐내고

스스로 걸어가야 할 길들을 돌아보다가

황토현 꽃들이 모두 상투를 풀고 일어날 때에야

사람이 곧 하늘인 세상으로 달려갈 것이니

그때까지만 녹두꽃 향기 지지 않고 그대가 살아남아 준다면

2

새벽에 길을 나설 때 노모가 흐느꼈다 이제 열일곱, 네가

그래도 우리 집 장손인디 아직 피지 못한 꽃 아니냐 너 하나

는 남아야 하는디 노모가 옷섶에다가 이름을 자수로 새겼다

---

* 전라북도 정읍시 덕천면 하학리에 있는 고개. 1894년 동학농민운동
  당시 농민군이 관군을 크게 물리친 전적지로 황토현 전투에서의 승
  리는 동학농민운동을 크게 확대시키는 계기가 되었다.

서툰 바느질, 시체를 알아볼 수 없을 땐 이걸로 널 찾을 것이니 옷을 바꿔 입지 말거라 막내가 문 앞에서 주먹밥을 건네다 말고 울기 시작했다 장리쌀을 갚지 못해 매질 당한 아버지의 혼이 대문에서 곡을 했다 죽창에서 부자의 도리가 인내천 인내천 울고 있을 때 고부까지 나갔던 척후병이 시퍼런 몸으로 돌아왔다 동구 밖에서 집으로 돌아서는 막내의 뒷모습이 시체처럼 무거웠다 다시 볼 수만 있다면, 기울어져 가는 우애에 새벽이슬이 각혈을 해댔다

3

후천개벽은 어느 세상일까 헤아리다 보니 손에는 어느새 죽창이 들려 있었다 주먹밥을 손에 들고 한 입 베어 물다 지나간 사랑에 짐승처럼 몸을 떨며 울었다 삶 이전에도 살았고 삶 이후에도 살아야 할 나날들이 벌떼 되어 몰려들었다 한이 쌓이면 분기탱천, 한울님은 하늘에 계셨지만 삶은 눈앞에서 곧바로 죽어 나갔다 황토현의 먼지가 차오르자 함성이 이는 곳에 의(義)가 있었다 후천 개벽의 세상은 저만치에만

서 있었고 눈앞에 몰려드는 추위와 졸음이 단 하나의 이름으
로 다가왔다 살고 싶었다 사람으로 살고 싶었다

4

우우우, 저 멀리 감영군의 깃발이 만장처럼 휘날렸다 둥둥
둥 북 치는 소리에 황토현의 함성이 꼬리를 물고 번져 올랐
다 고향집 마을에서 밥 짓는 연기가 하나둘씩 피어올랐다 겁
에 질린 머슴 아이 하나가 몸을 떨며 도망치기 시작했다 따스
한 저녁 보리밥 한 그릇에 평등하게 끓여진 된장찌개 하나만
먹으면 될 것, 바로 그것이 개벽이 아니겠는가 가슴에 켜켜이
쌓이는 지난 울분들이 들판에 아련하게 일기 시작했다 뒤를
돌아다보았지만 이젠 돌아갈 곳이 없었다 타오르는 횃불에
이제는 나를 태워야 할 차례였다

# 내소사*

마음은 늘 어슬렁거리다가

잠시의 고요로 내려앉을 때가 있다

지나온 자리마다

세상 속으로 토해냈던 말들이

어둠의 말을 바꿔 타고

천년의 숨결 같은 유랑으로 잦아들고 있을 때

서해 변방 아득한 그곳에서

마음은 늘 저만큼 내달리던 시절도 있었으니

어디론가 떠나가고 싶었던 꿈이

고적하게 포복절도할 때에도

길 없는 곳에 길을 내고 싶었던 시간들은

이곳에 와서 인연이란 이름으로 흩어지기 시작했다

전나무 숲을 지나

봉래루로 설선당으로 달려가던 길들

본바탕이 아름다우면 굳이 덧칠을 하지 않아도 오래갈

---

* 전라북도 부안군 진서면(鎭西面) 석포리(石浦里)에 있는 사찰.

꽃 문살들이 대웅보전과 이승의 경계를 지우고 있었다

저 적요의 시간에 깃들 수 없는 것들은

하나 둘씩 서해의 변방으로 잠적해 갈 때

세상에는 남의 눈치를 보며

울어야 할 슬픔도 있다

내 안에서 불길로 번져 오르던

그대 향한 열망들

해안으로 변방으로 밀려가다

그 어디쯤에서 수천의 눈물로 떨어져 내릴까

내내 걱정하던 순간들도 이곳에 와서야

작은 생사의 경전으로 들어앉아 버렸으니

마음은 늘 어슬렁거리다가

여기에 와서야

잠시의 적요(寂寥)로 가라앉고 있었다

# 우리들의 제삿날

아버지들의 제삿날이 모두 한 날인 우리 마을에선

상차림을 할 수 있는 밥상도 소각 때 불타고 없어져

병든 큰형님이 하루 종일 가슴으로 낫을 갈아 제상을 깎

았어요

어둠도 밀려와 흐느끼다 가는지

군데군데 저녁의 냄새를 뱉어놓는 자시(子時)가 되면

먼 산의 그림자는 자꾸 달빛을 갉아 먹고

송진 내음 어슴푸레 풍기는 제상 위에는

묵 한 모 마른 생선 세 마리

그 옆엔 고사리 무나물 한 접시

그래도 흰 쌀밥을 고봉 높게 진설하면

기나긴 울음들은 어디로 또 흘러들어 가는지

많고 많던 눈물들도 모두 소각되는 것 같았어요

뚝뚝 눈물을 훔치고 나서면

거의 한날한시에 교향곡처럼 울리는 곡소리가

우리들 귓가를 아프게 저며 왔어요

지겹게도 울어대는 까마귀 울음, 개 짖는 소리들

장엄한 식사 시간이 이제 막 피는 꽃잎에 휩싸여 흘러가고

부식되지 못한 음식들은 설움에 싸인 채

밤의 결기를 묵묵히 견뎌내면

아아, 숨결이 붙어 있는 것들은 모두 나와

한 슬픔들을 꺼내놓고

조금씩 조금씩 되씹고 있었어요

# 백조일손지묘*

그 날의 기억이 슬픈 인사를 전해 왔습니다

알 수 없는 언덕들이 오늘을 한껏 부끄럽게 합니다

걸음을 옮길 때마다 차이는 눈물에 가슴이 먹먹해 왔습니다

익명의 살육이란 얼마나 무서운 것인지 스스로 입술을 깨
물었습니다

엉키고 사무친 곳이 바로 이곳이 아닐는지요

헤아릴 수 없는 곳에 마지막 안식처를 만들었습니다

눈개쑥부쟁이 숱한 침묵을 뱉어 놓고 저 끝에서 공손하게
옷깃을 여밉니다

산방산이 긴 슬픔의 눈물로 먹먹한 가슴들을 달래 주더니

어느새 펼쳐지는 둥근 기억들이 오붓하게 도열해 있습니다

---

* 제주도 남제주군 대정읍에 하나의 위령비 아래 100여 구의 묘지가
함께 모여 있는 묘역. 1950년 8월 20일, 제주 4·3사건의 막바지이자
6·25 전쟁 초기에 제주도 남제주군 송악산 섯알 오름에서는 '적에
동조할 가능성이 있는 자'를 미리 잡아 가두는 경찰의 예비검속 과정
에서 252명이 대량 학살되었다. 유족들은 공동으로 부지를 매입하여
유해들을 안장한 후 '백조일손지지(百祖一孫之地)'라고 이름을 지었
다. '백조일손(百祖一孫)'이란 '백 명이 넘는 사람들이 한날한시에 죽
어 누구의 시신인지도 모르는 채 같이 묻혀 무덤도 같고, 제사도 같
이 치르니 그 자손은 하나다.'라는 의미이다.

결연한 동백나무 숲은 따스한 외투들을 입고
흔적도 없이 사라질 마음의 결의 하나 세워 주었습니다


죽음의 벼랑 그 끝에 서서 잠깐 이쪽을 되돌아보는 사람
들이 있습니다
그들의 걸음을 한 발자국 이쪽으로 돌아서게 하는 것
그것을 희망이라고 부를 수 있을 때까지
잠에 취해 들어오는 이 꿈들은 대체 누가 있어 이승으로
송신하는 것일까요
저승에 계신 분들에게
제주 그 풍운의 섬에 계실 수많은 할아버지 할머니들께
세상의 많은 평화와 위로가 끝내 봉쇄될 수 없는 믿음이
되기를
한라구절초 한 송이 가슴에 조의를 표하며 삼백 예순 다
섯 개의 언약을 했습니다
흐느끼며 다가오는 저 노을은 과연 내일도 볼 수 있을까요
이 또한 그대들이 앞으로 해야 할 일입니다

# 북촌리*

당숙부는 이곳에서 쭈그리고 앉아 익숙한 자세로 소주를 부었다 투명한 액체는 땅에 닿자마자 흔적도 없이 아래로 스며든다 매번 그렇다는 듯 그는 비겁한 얼굴로 울기 시작했다 북촌리의 봄은 소리 없이 오고 있었다 우리 모두 살아 있음을 오직 신의 선물로 여겼다

그는 그때 너무 어려 내 아버지가 끌려가던 것을 바라보기만 했단다 어머니 배 속에 있던 나는 둥그렇게 솟아오른 어머니의 자궁 안에서 겨우 살아 남았다 근본을 알 수 없는 무리들이 이 땅에서 근본을 잘라내기 시작한 걸 그는 어린 눈으로 바라보기만 했단다 끌려가던 내 아버지의 슬픈 뒷모습, 북촌리에는 세월도 추락하고 있었다

지긋지긋한 곳, 당숙부는 고향을 저주하며 외항선을 타고 떠돌다 늙고 힘이 없어지자 결국엔 고향으로 돌아왔다 부두의 야간 경비를 하며 대처로 도망가 버린 당숙모를 소주로 그

---

* 1949년 1월 16일 제주도 북촌리에서 토벌대가 주민들을 학살한 곳.

리워하다 술에 취하면 바람에게도 삿대질을 했다 무슨 놈의
원혼들은 그리 많은지 이 섬에 바람이 많은 이유를 알 것도
같단다

　분노와 한이란 건 언제고 터져 나오는 샘물 같은 것, 덧없
고 잠잠해지고……, 언제 그런 일이 있었냐는 듯 야속한 기
억은 가물가물해지는데, 소각 때 죽은 사람들의 눈물을 모아
저 백록담을 채우고도 남는다면 이 섬은 예전에 바닷속으로
침몰할 것을, 죽음을 주관하는 신이 있어 꼭 누군가를 택해
야 했다면 왜 하필 여기였냐고, 사시사철 조문 행렬이 길게
늘어져 있어 손을 대기만 하면 툭 하고 떨어진 눈물로 대해
를 이룬 곳, 북촌리에는 봄조차 눈물로 한 생애를 버티고 있
었다

# 그녀*의 무명천

돌아갈 수 없는 시절을 회복하기 위해서는
점령되지 않은 시간들을 이겨낼 수 있어야 한다
태평양 건너오는 해풍과 억센 파도마저도
아프고 서럽게 관통해 가는
허물어진 폐허를 무명천으로 감싼 그녀의 얼굴엔
새하얀 꽃이 사무치게 피었다

어머니의 자궁에서 나왔던 최초의 모습으로
무사히 돌아갈 수 있을까
바람이 면죄부를 날리기만 하는 척박한 곳으로
선인장 자줏빛 꽃 별똥별처럼 떨어지던 계절이 오면
슬프게 일생을 휘청거리기만 하던 것들도
제 몫을 해내는 식물로 우뚝 자라나 있어
바람 속에서도 스스로를 지키는 별들을 굳건히 세울 것이니

---

*   진아영(秦雅英) 할머니. 제주 4·3 사건 당시 총상으로 인해 부상을 입음. 이후 그녀는 턱을 하얀 무명천으로 가렸는데 그로부터 '무명천 할머니'라는 별명이 생겼다.

고된 열매를 달고

다음해 봄까지 견딜 새순들이

고통의 과거를 툭툭 털어내고 피어오르는 날

버림받은 숱한 기억들도 잠시 짬을 내 쉬어 가는데


무명천 속에서 활짝 웃는 그녀의 얼굴로

붉은 풍경들이 덩그렁 덩그렁

소리 내어 울기 시작했다

# 대할망*의 눈물

　실로 오랜만에 설문대할망이 치마폭에 흙을 퍼 담아 아름
다운 오름을 만들겠다고 길을 나섰습니다 만들고 싶었던 산
들이 아직도 많이 남아 있었는데…, 그동안 착한 백성들은 대
할망의 몸에 씨를 뿌리고 대할망의 소변으로 만들어진 바닷
물에서 먹을 것을 잘도 건져냈어요 그러나 이게 웬일, 길을
나서자마자 여기저기서 콩 볶는 총 소리에 놀라 대할망은 그
만 주저앉았지요 먼 옛날 방귀를 뀌어 화산불을 피워올리던
때보다 더 큰 불꽃이 일고 순하기만 한 백성들이 여기저기 쓰
러져 가는 것을 안쓰럽게 바라만 보았지요

　대할망은 이게 무슨 일인지, 이러려고 이 섬을 만드는 게
아닌데 하며 녹슨 가슴 안타깝게 쓰다듬을 때마다 귀청을 울
리는 소리, 대할망은 한라산 백록담으로 성큼 뛰어올라갔지
요 그러다 다리 한쪽 바위에 부딪혀 툭 떨어져 나갈 때 이리
저리 끌려가며 죽어가는 백성들이 눈에 밟혀 이놈들아 이게

---

＊　제주도 신화에 나오는 존재로서 제주 땅을 만든 설문대할망을 가리킴.

뭐하는 짓이야 호통을 쳐도 천둥과 번개만 요란할 뿐, 타는 가슴 어찌할 수 없어 백록담의 물을 퍼 수없이 비를 뿌려대며 분을 삭혔는데요

대할망은 젖먹이 어린 것이 죽은 제 어미의 젖을 빨다 지친 게 안쓰러워 제 팔 하나를 툭 잘라 오름 하나를 만들고 아기를 안아주었는데 견딜 수 없는 슬픔에 그만 대할망은 자궁도 꺼내 내다버리고 긴 울음을 내리 사흘 울다 지쳐 절룩거리며 한라산에 다시 기어올라가 폐허가 돼 있는 마을을 한없이 바라보고만 있었어요

이 섬사람들 모두 이렇게 죽고 나면 누가 있어 씨앗을 뿌리고 말을 먹이고 소돼지를 칠 것인지, 아아 이런 날이 올지 몰랐다고 대할망은 자신의 발등을 낫으로 찍으며 섬을 만든 걸 후회하며 울고 또 울었습니다

대할망은 한라산에서 엉덩이를 들고 일어나 한 발로 한라

산을 딛고 팔 한쪽으로 성산봉을 안으며 관탈섬을 빨랫돌
삼아, 꼭 한 번 좋은 세상으로 바뀔 날이 올 것이야, 칭얼거
리는 바다를 손주처럼 달래며 위독한 연기를 온몸으로 들이
키려다가, 죽음으로도 닿지 못하는 눈물의 계곡이 이 섬에
있다는 걸 비로소 깨달았습니다

# 다랑쉬굴*

차라리 눈을 감고 싶었던 건 폭낭**도 똑같았을까
살육의 불씨가 부락으로 번져오르던 때
하늬바람을 아슬하게도 막아주던 오름에는
영문도 모르고 끌려가던 어미의 눈동자가 새겨져 있었다
아늑했던 시간들이 조류에 밀려 떠내려가던 마을
차마 감지 못한 눈동자들은 밤새 이곳을 헤매고
썩지 않는 울음들 모두 푸르게 타오르던 밤
차라리 눈을 감고 싶었던 건 억새도 하늘도
목숨이 붙어 있는 모든 것들은 똑같았을 것이다

한시도 머물지 못하는 그 날의 총성 사이로
동굴의 쇠락한 풍경이 바람에 떠밀려 갈 때까지도
후회에 가려 음지에 조금 숨어 있다가
폭낭 한 그루

---

* 제주 4.3 사건 유적지로서 1948년 12월 18일에 제주도 하도리, 종달
리 주민 11명이 피신해 살다가 토벌대에 의해 집단 희생을 당한 곳.
** '팽나무'의 제주도 방언.

주저하면서 질질 끌려가면서 우는

자신의 거처로 돌아갈 수 없는 주검들을 하염없이 바라본다

영원한 부재의 그늘이 곁에 앉아 있는지도 모른 채

조금씩 말라갔다, 결국 그의 주변에 남은 건

눈물과 투명하게 수평을 이룬 낡은 발목들

이제 나무에 피는 꽃은 없는데

기어이 떠오르는 불멸의 그림자 사이로

긴 한숨에 눈물짓는 어미의 얼굴이 스치듯 지나갔다

땅 위에 모습을 드러내던 긴긴 세월의 통곡들

오름 속엔 해독할 수 없는 사연들이 해마다 쌓여 가고

폭낭 한 그루

분노에 몸을 떨며 이 밤 내내

홀로 전설 속에 낡아만 갔다

제3부

# 빌뱅이 언덕*

그가 언덕에서 내려온다

밭이랑마다 새겨져 있는 별빛들

또렷해진 기억들마다

방광으로 전해오는 통증들이 발목을 잡는다

언덕 위 그의 집

작은 슬레이트 지붕에서 바라본 세상은 왜 이리 평온한지

울고 싶은 계절 속으로 오줌관을 갈아 끼울 때마다

일직**교회 종소리는 게으르게도 번져 간다


천지가 어둠에 사위어 간다

황홀한 외로움에 평생을 살던 사내

개를 데리고 언덕을 향해 올라간다

살아서는 갈 수 없는 세계가 언덕 너머에 벼락처럼 침몰할 때

---

* 동화 작가 권정생이 타계하기 전까지 살던 경북 안동의 작은 흙집이
있던 언덕. 권정생의 산문집 제목이기도 하며, 이곳에서 동화『몽실 언
니』를 썼다.
** 권정생이 1967년부터 종지기로 봉직했던 경북 안동군 일직면 마을
교회.

그는 풀지 못하는 수학 공식처럼 허물어진다

누가 이 밤 먼 길 떠나가는지
고통도 개의 하품처럼 느릿느릿 견뎌지고 있었다
한때는 언덕 너머로 착한 여자 하나 데리고 도망쳐 살고
싶었다
어눌한 동심에 마음은 항상 얼어 있었지만
모두 다 안다는 듯 그곳엔 눈이 내렸다

각자에게 배당된 과거들이 이곳에 와서야 빛을 발한다
겨울이면 잘 얼어붙는 수돗가에 앉아
꽝꽝 언 얼음을 깨부쉈다
방안에는 카타콤***이 여러 개
겨울에 웅크리고 앉아 쌀죽으로 며칠을 견뎠다
언덕에 서면 하늘이 작아 보일 때가 있다

***　catacomb, 지하 동굴에 마련된 기독교 초창기 성도들의 예배처이
자 공동 묘지.

메마른 산수유나무 제 한 몸 내놓고 서럽게 피어날 때

하염없이 바라보던 꽃나무 그늘에 묻혀

향기롭게 세상을 뜨고 싶었다

동화 한 편마다 사위어 가는 생의 그림자가

빌뱅이 언덕에 명멸해 갔다

# 성주사지(聖住寺址)*

   내 마음은 이곳에 올 때부터 이미 폐허였지요 흔적만 남아 옛날을 추억하던 곳이었죠 사방에 널브러져 있는 그대의 자취가 이른 봄 햇살에 투명하게 손짓하고 있어요 어쩌면 나는 이미 그대에게 가기 전부터 이 세상에 없던 이가 아니었을까 지금의 내가 나인지 아직도 알 수가 없지요 우리가 처음 만나던 때는 주춧돌의 기억으로만 남아 이곳 보령 땅 한구석에서 울고 있어요 저물 녘 그대는 먼발치에서 웃고만 있고 흔적만 남아 있는 우리의 추억은 바람의 각도를 재며 잘려져 가고 있어요 정녕 내가 사랑했던 건 그대, 그대라는 건 환상이 아니었을까 지상의 별에서 떠나가면 우리가 도달할 수 있는 곳은 어디일까요 저 깊은 사원도 한때의 약속만 남겨 놓은 채 이곳 벌판에 덩그러니 놓여 있잖아요 봄 햇살 투명하게 산허리의 문지방을 건너갈 때에야 비로소 그대의 손길이 노을처럼 번져 오르고 있지 않겠어요 아아, 눈이 부셔요

---

\*  충청남도 보령시 성주면에 있는 삼국시대 백제의 사찰 터.

# 통영 시락국*


그녀를 만나고 올 때마다

한 편의 시를 쓰던 밤이 있었지

창밖의 바다는 기를 쓰고 밀려오고

마음을 내버릴 때마다 울리던 내 자명고는

미륵산 정상에서 제 몸을 찢으며 울기만 했었네

너에게 다쳤던 지난 추억들

이곳 통영에서

파도의 기운처럼 저렇게 부서지고 있을까

어떻게 변하지 않는 바위처럼

그렇게 스스로 울고 있을까

시락국에 밥을 말아 한 입 두 입 뜰 때마다

통영의 햇살은 시장 한 귀퉁이에서 부서져 갔었네

너를 사랑하는 것은

단지 살아 있을 때 이렇게 만나

구석진 시장 골목에서 시락국에 밥을 말아 먹으며

---

\* '시락'은 시래기를 가리키는 통영 사투리로 시락국은 시래기로 만
든 통영 지방의 음식이다.

숟가락질하는 너의 소리를 귀로 헤아리는 것

댕댕댕 쩝쩝쩝 소리 하나하나에

통영의 바다를 얹어 두고

이렇게 그리웠다고

시락국에 얹혀진 시래기만큼이나 기다렸다고

고백해 보는 대낮의 서호시장

통영 시락국 한 그릇

# 거미 인간

아파트 벽에 매달려 있는 거미에게

햇살은 검객처럼 달려든다

폭염의 빛들이 지상으로 열기를 뿜어대는 초복의 오후

로프 하나에 전부를 건 채

거룩한 생계의 빛으로 벽면에 분사기를 쏘아댄다

오늘도 무사히

작업반장의 구호가 옥상에 울려 퍼질 때마다

침묵으로 일관하던 페인트 통들이 햇살에 떨기 시작했다

세상의 끝에 가 본 일이 있을까

매일이 끝이고 매 순간이 시작인 곳

로프를 매고 아파트 옥상으로 출근을 하면

벽은 또 다른 세상의 시작

내가 가 닿을 수 없는 막다른 세계 같았다

날줄과 씨줄로 하루를 엮으며

모자 위에 꾹 눌러 쓴 두건으론

땀방울이 성수(聖水)처럼 쏟아져 내린다

한 층 한 층 벽을 타고 내려올 때마다

화려하게 새겨지는 아파트의 벽면들

이웃의 경계를 하나하나 지워 나가듯

아슬한 한 채의 집들을 벽마다 새겨 주었다

지상에 오롯이 새겨진 꿈 한 다발 속에서

서둘러 아침밥을 먹고 나선 길

로프에 마지막 생을 거는 것처럼

매일이 끝은 아닐까 행여 의심하던 순간도 있었다

나날이 굵어지는 큰놈의 팔뚝과

퇴근 때 바라본 창문의 빛들

마지막이라고 생각하고 던진 로프는

언제나 서곡을 연주해 주었다

그래, 이제 또 시작이다


거미 한 마리 아파트 벽에 붙어 있다

말복의 열기가 온 몸을 감싸도

그는 여전히 거미줄을 내뿜고 있다

# 절개지 사초 풀

아파트 공사가 한창이던 우리 동네 재개발 사업지
건설회사가 부도 나 흉물이 다 된 가건물 뒤로
깎여 나간 뒷산 허리에 꽃이 피었다
산은 처음에는 제 허파를 잘린 듯
미치도록 여름 내내 꺼엉꺼엉 울어 댔지만
하모니카를 불며 떠나간 사람들을 생각하다
눈이 맑아 눈망울에 그렁그렁 핏물 맺힌 채
이곳을 떠나가던 이들을 생각하다가
생각의 끝에서 먼 미래가 유혹으로 피기 시작했다
산은 잘려나간 제 허리에 안겨 있는
족제비싸리 칡덩굴 사초 풀을 바라본다
세상이 허락한 이 생명의 주춧돌을
아침이 내어준 햇살과
서리 내린 찬 기운이 모여
부여잡고 안아주며 많은 시간들을 이승에서 함께했었다
계곡을 울리며 달려오는 산비둘기 소리
제풀에 겨워 적멸에 들 때까지

수분 하나라도 내어 주는 저 새싹들 모두

잠자리들이 창공을 한없이 유랑할 때에도

잘려 나간 허리에서 애벌레들은 노래하고 있었다

그들이 저마다의 움막 한 채씩을 세울 때까지도

숨이 붙어 있는 것들 모두 모여

전생의 인연으로 한 땀 한 땀

정성스럽게 탑 한 층씩을 쌓아 올렸을 것이다

도산한 것들마저 이곳에서 잠시 머무른 채 있다가

산 그림자가 손짓 한 번 하면

스스로의 유폐를 떨쳐 내고 긴 한숨들을 더욱 길게 쉴 것

이다

푸르게 울음 울며 제 뿌리를 내리려 할 것이다

숨이 차 온다 잘린 허리에

날이 선 허파가 날마다 가팔라지며 하루를 붉게 우는 밤

어디선가 낡은 피리 소리 들려오자

산은 잘린 허리에 융단을 깔고

저물도록 먼 하늘만 응시하는 것이다

# 눈사람

어떻게든 일어서서 끝까지 달려보고 싶은 것이다
수많은 날 내리는 하얀 적막들 가운데에서
그가 내뱉었던 말들이 비수가 되어 꽂히더라도
어쨌든 나는 다시 일어나서 걸어보고 싶은 것이다
마지막으로 나를 기억해 주는 사람들이 떠나간 벌판 위에
서도
중력을 이기지 못해 떨어지는 지상의 모든 것들이
스스로의 설움으로 물들어 가더라도
이보다 더한 눈송이쯤 젖어오는 게 대수랴 싶다가도
먼저 떠나간 짐승들이 그리워지는 밤이 오면
새들의 날개 위에 내려오는 숱한 어둠까지도
내 생애의 절벽으로 받아들일 수만 있다면
나는 좋다고 이 밤에도 또 생각해 보는 것이다
전생에 그 어떤 것들이 새롭게 태어난다 하더라도
침묵 속에서 떨고 있을 별들의 사라짐을 혼자서 보노라면
침몰하는 것들이 반드시 아름답지 않음을 느낄 수 있고
저 멀리 숲속에서 울려오는 새들의 울음소리들도

한 뼘의 걱정으로만 낡아가는 것을 들을 수 있다

모두가 귀환하는 저녁의 어스름이 오면

누군가 내 겨드랑이에 꽂아 놓은 나뭇가지 손으로

제 이름을 부르며 떨어지는 노을의 포효가 새겨져 갈 때

세상에는 저 혼자 견뎌야 하는 적막 또한 조금은 있음을

이제는 알 수 있을 것이라고 생각해 보는 것이다

숱한 걱정들이 내려앉는 곳이라면 어디에서든지

최후의 잎사귀들은 낙하하는 눈송이의 속도로 젖어들고

끝이라고 생각했던 것들은 언제나

내가 적중시키고자 했던 과녁 되어 스스로 떨고 있을 것

이다

# 쪽방촌

덜컹, 한낮에도 어두운 방 안에 손님이 찾아온 걸까
주위가 서툰 눈매엔 보이는 게 없어 소리의 출처를 찾지
못했다
바람이 작은 창문을 흔들고
지이이잉 음식물을 수거해 가는 트럭의 악취가
지상보다 낮은 창문으로 잘도 스며들어 온다

모서리가 둥글게 변한 것들은
이제 아파도 소리 내지 않고 참는 법을 배운다
학습의 결과가 이토록 두드러지게 나타나다니
세월을 갉아먹은 죄들이 떨어져 있는 방 안에선
과거를 허무는 작업이 서서히 진행 중이고
사진첩을 꺼내 하나하나 태우는 곳에서는 그 중의
누군가가 흐느껴 울고 있었다

둘러봐도 사방 한 평이 고작인 곳에서
하루 세 끼는 철 지난 계절의 옷

수년을 버틴 바지가 있었지만
한쪽으로 기울어진 바짓단이 다 닳아 버렸다
닳고 쓸모없는 것들에게도
유행이 지난 추억은 내려와 앉았다

한여름에도 온기가 가득 차는 자리
따뜻한 곳과 냉기가 스며드는 곳이 교차하는 지점에
세상을 잊은 적요가 들어앉아 버렸다
기울어지기만 하는 공간의 접점
입추를 관통한 계절이 하얀 눈망울을 굴리며
세상에서 가장 낮은 곳으로 내려오고 있었다

# 산책

산책을 같이 나간 개는 여전히 뒷다리를 절고 있다
저기 보이는 언덕까지 갈 수 있을까
보이는 곳과 갈 수 있는 곳의 차이는 여전히 컸다


개가 나에게 걸어 들어온 순간들이 대체 얼마나 먼 미래
인지
그곳이 그토록 아득한지 몰라 입술을 달달 떨었다
개의 아픈 뒷다리를 슬슬 문질러 주자
뒤따라온 우리들의 발자국들도 하나 둘 사라지기 시작했다


고비 때마다 밖으로 휘어지던 길의 지리(地理)를
다시 안쪽으로 거둘 수 있을 때까지
늘 목이 추워 외투 깃을 올리고 살았었다
북쪽으로 가는 별들은 이미 자리를 뜨고 없어
유년의 시간이 표시된 수레바퀴가 덜커덩
속도를 내며 검은 먼지를 일으키고 있었다

근본 없는 개의 슬개골에 하얀 그림자가 내려앉는 것을
근본 있게 태어난 내가 보고 있었다
이 영원히 끊을 수 없는 굴레에 나는 무엇을 표시해야 할까

개의 다리를 입김으로 쓰다듬어 주자
발길에 차인 모래 입자가 긴 꼬리를 흔들며 달려갔다
사그라드는 관절은, 빗나간 뼈마디는
이제 막 걸음걸이에 맞춰진 퍼즐 조각
부유하던 추억들이 조용히 내려앉는 아침 같았다

개가 떠나간 하늘 길은 늘 뿌옇기만 하다
검은색 언덕을 하나 넘으려고 달려가는 저 수레바퀴를
이곳에서 저곳까지 굴리며
소담스럽게 피어 있는 채송화 한 송이에
나는 오늘도 눈물을 훔쳤다

# 소멸에 깃들다

오늘도 막걸리 한 통에 세상을 잊는다 취하면 토하듯 노래를 부르는 김 씨의 등을 토닥여 주었다 어둠처럼 웅크려 있던 그의 전생이 서툰 전조등 불빛에 번져 나갔다 말없이 탄식하는 거리의 공기가 비틀거리며 사라져갔다

이곳에 언제부터 김씨가 오게 됐는지 나는 알 수 없었는데 사실 알고 싶지도, 알 수도 없었다 붙들 수 없는 것들은 그냥 내버려 두는 것, 그것이 최고의 선택이었다 운명이 늘 비웃으며 저만치 달려간 것처럼 비어 있는 막걸리 통이 다시 채워질 순 없었다

벤치에 와서 인사하는 비둘기들은 나의 과거를 알고 있을까 한때 따뜻한 거처와 든든한 처자식을 거느린 가장의 명패가 삶의 기둥이었던 적이 있었다 원래부터 내 것이 아니었는지 세상은 내게서 너무나 많은 것들을 앗아갔다

별들도 귀가하는 저녁이 오면 모든 것들은 쓸쓸한 뒷모습

을 남긴 채 명멸해 간다 이 풍진 세상을 만났으니 너의 희망
은 없을 것이라고……, 김 씨가 노래를 부르자 비둘기들이
고갯짓을 해댔다 찌푸려진 행인들의 눈살만큼 햇살도 우울
하게 빛을 내다 이내 사라졌다

　타오르는 것만이 내 삶에 전부였던 때가 있었다 눈앞에
보이는 것만이 유일한 종교라고 생각하던 시절에도 나는 한
없이 추락해 갔으니, 나를 뺀 것들만 서둘러 갈 곳이 있었고
말하는 법을 잊은 채 산사(山寺)로 올라가는 언덕길엔 어느
새 백발인 내가 서 있었다

# 장의사(葬儀社)


그땐 왜 그랬는지 몰랐다
내게로 오는 모든 것들은 하나씩 사연을 갖고 있었다
누군가는 나에게 와서야 비로소 온순해지고
누군가는 이곳에 와서야 한 생애를 하루처럼 마감했다

삶은 내려놓을 때에야 결국엔 저녁의 허기처럼 가벼워졌다
땅에 순응하고 자세를 낮출 때에야 보이는 것들이
하나 둘 모여 저 조등을 만들 테니까

살아 움직이는 것들에게는 아름다운 그림자가 따라다녔다
움직이지 않은 것들은 숨을 한 번 크게 들이마시고
크게 한 번 내쉬었다가는 이내
내게로 와서야 고요한 사물이 되었다

귀퉁이가 조금씩 떨어져 나간 것들은
구석에서 몸을 추스르며 조금은 울먹이고 있었다
마음을 다친 자들의 신념이 노을이 되고

이어서 서쪽 하늘을 물들이고 있을 때
누군가 첫 울음을 용기 있게 내기 시작했다

남아 있는 것들은 무릎이 부어 있었다
하얀 관절이 정처 없이 빠져 나가는 부위를 감싸며
이제야 돌기 시작하는 혈액의 온기에 내일을 맡길 때였다

저토록 치명적인 순간의 질서들
장의사 사무실 뒤쪽으로 어슴프레 지친 아침이
흐느끼며 흐느끼다 적멸에 들고 있었다

# 애도하는 시간이 오면 우리는

아이가 떠나간 지 3년째 되는 해 유기견 한 마리를 들여왔다 올 때부터 다리 하나를 절었다 비어 있는 아이의 방에 작은 개집을 갖다 놓았다 다리를 절며 돌아다니다가도 사료를 듬뿍 먹는 개를 보다 그 자리에 앉아 오열했다

광화문에서 매일 돌아오는 아내는 3년째 말을 잃었다 기억도 시간도 모두 잃었다 변하지 않는 건 비어 있는 아이의 방, 늘 부재중의 방에서 개를 끌어안고 어느새 정물이 되어버린 아내의 부르튼 발……,을 무심코 바라보았다

약 없이 잠들 수 있는 날이 있을까 이발소에 가서 머리를 짧게 깎았다 어쩌다 선잠이 살짝 들다 깬 새벽녘, 아내의 흐느끼는 소리가 고요처럼 번져 나갔다 자면서 흘리는 눈물이 베개를 적시다 이내 공중으로 침몰했다 천국에서도 눈물을 흘리는 사람이 있을까 지나간 날들, 모두 잠에 취한 꿈이었으면 얼마나 좋을까

새벽꿈에 보이는 만장들, 바람이 휘몰아치는 항구엔 부글
부글 끓어오르는 눈동자들이 바위에 널려 있었다 건져지지
못한 꿈들은 어디로 가나, 훼손된 선체 위에 햇살이 포개어
졌다 비명처럼 흘러가는 햇살이 눈에 따갑게 밀려왔다

밤늦게 퇴근해 보니 한밤중인데도 아내가 없었다 베란다
커텐이 바람에 날렸다 얼른 뛰어가 화단 받침대 난간에 걸
터앉은 아내의 팔을 잡아끌었다 아이를 만나고 싶었어 하늘
로 날아가면 천국에 갈 수 있겠지, 초점 없는 아내의 눈물을
입술로 닦아 주다 둘이 부둥켜안고 울었다

아파트 소독약을 뿌리는 사람이 오후 늦게 다녀갔다 30분
후쯤 물을 트세요 땡그랑땡그랑 두부 장수의 스피커 목소리
가 아파트 단지에 울려 퍼졌다 변한 건 없는데 어제처럼 다
가온 일상이 내일처럼 눈에 어렸다 바다에서 수직으로 침몰
해 간 함성들은 끝내 떠오르지 않고 바라보는 모든 것들은
소리를 내며 아파했다

# 둥굴레 차 끓이는 저녁

애야, 혹시 이게 너에게 보내주는
마지막 둥굴레가 될지도 모르겠다
택배 상자 속에 가득 들어 있는 식물의 뿌리에서
어머니의 음성이 새어 나오고 있다
뿌리 하나로 지리산 자락을 지탱해 갔을
작은 육신이 제 부피를 줄여 가며
노모의 주름살을 조금씩 재생해 내고 있다
바라보는 일로 하루를 소요하다가
멍하니 잠시
귀퉁이가 서서히 닳아가는 저 밀행을
기원 없는 마음으로 응시하고 있으면
백두대간 줄기에서 샘솟은 눈물들도
밤의 여적을 따라 끝없이 흘러만 간다
여명에 눈이 시릴 때까지
둥글게 둥글게 제 몸을 말아가며
제 사랑은 이게 전부인 것처럼
아파트 베란다 한편에서 맑은 햇살을 받을 때엔

몸 마디마디에 어느새 검게 멍든 바람을 이고지고
산자락의 먹빛 두 손을 지나
나의 무릎을 서서히 통과해 간다
고독의 늑막에 그늘이 깃들어지고
둥굴레 끓고 있는 주전자에선
칙칙칙칙
하늘로 올라가는 성분들이 줄줄이 저물어 가는데
전생에 기약 없이 헤어져 있다가
긴 오후의 햇살에 스스로 소멸해 가고 있을
말라가는 여린 식물의 뿌리 하나
한겨울의 중심 속으로 천천히 걸어 들어간다

제4부

# 체 게바라를 읽는 겨울밤

너를 읽던 긴 밤들이 있었지

혁명이 긴 목책의 날선 별들처럼 대책 없이 늘어갈 때

기나긴 해안선을 따라 종알대던 물떼새들도

차디찬 안식을 취하느라고 하루를 숙박하는 밤

지포라이터를 수도 없이 켜 새 담배에 불을 붙이면

도시에선 국적을 알 수 없는 혁명의 찬가들이

너를 읽으며 통과한 불면 속으로

볼리비아 볼리비아 불타올랐지

때론 언 손가락을 모터사이클의 바퀴에 걸친 채

긴긴 백두대간의 평원을 밤새워 횡단하고 싶었지

때론 잘못 겨눈 방아쇠에서 유혹의 꽃들이 피어나고

혼자서 쓸쓸히 침몰해 가던 빈방에서

흐느끼며 칠흑 같은 흑맥주를 마시면

고독의 하늘에선 알 수 없는 별들이

천장으로 유빙하며 떨어질 때에도

내 청춘은 날아가는 운명 같기만 했지

너를 만나던 긴긴 밤이 있었지

혁명의 촛불은 기나긴 여로의 끝에서도

자기 한 몸을 불살라 타오르려고 하는데

고독해서 게릴라가 됐는지

게릴라여서 고독한 것이었는지

광화문에서 저 백두대간의 길을 따라 아무르강까지

불면 속에서 너를 읽던 밤

대륙의 고독을 멀리서 횡단하던

긴긴 겨울밤이 한때는 있었지

# 파키라* 여인

사람을 멀리하던 그녀는 오늘도
화원 한구석에 앉아 책을 읽고 있다
새벽에 길을 묻고 물어 걸어온 출근길
바오바브나무처럼 굵어진 팔뚝으로
화원의 출입문을 열고 들어가면
간밤에 아프지는 않았니
네 상처도 이제 곧 뿌리를 내리겠지
일일이 식물들과 눈을 맞추고 살피는 건
하늘이 부여해 준 그녀의 책무
말없이 앉아 공상하거나
가끔씩 물을 마시고
밖에 나가 하늘을 보고 볕을 쬐다 보면
어느새 발바닥이 간지러워
이제 뿌리가 돋는 것일까
각질이 뚝뚝 떨어지는 발부리에서

---

* 아욱목 물밤나무과의 교목. 중앙아메리카가 원산지이다.

거친 황야의 노래가 울려 퍼지기도 했다
나도 식물처럼 이 지상에 정박하고 싶어
어머니, 이제 저를 이곳에 뿌리 내려 줘요
아마 너도 발부리를 튼튼하게 하기 위해선
먼저 모든 걸 스스로 버려야 한단다
어머니의 지청구가 화원에 매일 가득차면
이제 꽃을 피우기 위해서라도
그녀는 바람 한 점에 슬픔을 놓아 주고
적당하게 흔들리는 줄기와 가지를 지닌 채
말없는 파키라 한 채로 화원에 눕는다

# 계단의 문법

계단에서 넘어진 그의 생애가
쉽게 일어서지 못했다
오르고 올라도 도달하지 못한 곳
무릎 관절은 초라한 몰골을 드러내며
차마 말하지 못한 음영 속에서만, 기우뚱
흰 이를 드러내며 웃고 있었다
모두가 쓰러진 자리에는 살구나무 같은
몸이, 무릎이, 손이 잘려 나간 폐허의 끝
꺾여 나간 그의 오후가 둥글게
일어섰다 앉았다 - 를 반복하고 있었다
내게 와서 입술을 포개어 놓은
시커먼 발자국들의 주역들은 하나둘
늘 떨어지던 곳으로 한없이 추락해 갔으니

마음이 버거울 땐 돌아서서 마음껏 울어 보렴
추억이 접힌 계단의 발자국에서
어머니께서 한 말씀 툭 던지신다

누군가 밟고 지나간 흔적을 보면

그 누군가의 슬픔까지 알 수 있을 것 같은 오후

빈 저녁이 물결처럼 휘몰아칠 때

나를 관통해 간 사람들은 사선으로 휘어져

저마다 실업급여 통장의 한 페이지를

성스럽게 움켜쥔 채 큰 몸을 이끌고

또각또각 구두 소리 내며 사라져 갔다


나를 밟아다오

지근지근 아파 오는 통증으로

수억 년의 고독이 침몰해 가더라도

세상과 무관한 발자국들은

늘 저만큼 서서 달려가기만 했으니

천국으로 올라가든 지하로 내려가든

어딘들 못 갈까 보냐

새롭게 일어서기만 하는 내일 속에서도

계단의 오르막은 언제나 있었으니

# 팔순의 어머니께서 아들의 시집을 읽으시네

시가 뭐 별거겠니
사람의 마음을 움직이면
그게 시겠지
하루 세 끼 잘 챙겨 먹고 술 좀 줄여라
시도 먼저 사람이 있고 그 다음인 거지
뭐 별거겠니

나는 어두워 오는 산사(山寺)에 앉아
어머니 말씀을 전화기로 듣네
하루를 아들 걱정으로 공양하시는 분의 음성이
풍경 소리에 얹혀 이승을 날아가고 있었네
아들의 시집을 서점에서 몇 권 사
동네 경로당과 복지센터에 갖다 주셨다지
이게 내 아들의 시집이라며
읽을 만하다며 자랑하셨다는 말씀 너머에도
하루해가 지나가고
꽃잎들 하나 둘 하염없이 피었다 졌을 텐데

독경 소리에 번져 오르는 어머니 말씀을
눈물로 닦고 닦으며 듣고 있네


부처님 말씀처럼
알아듣게 써 봐라
대체 무슨 소린지 모르게 쓴다면
지나가는 소도 웃을 일이지
나뭇잎 하나에도 말씀을 전하는 게
풀 한 포기에도 가슴을 얹어 두는 거
그게 시가 아니겠니
뭐 시가 별거겠어
다 사람 사는 일이지

# 모서리가 둥글어지는 시간

어머니께서 자주 앉아 계시는 의자의 팔걸이 귀퉁이가
반들반들 둥글어졌다 성긴 기왓장처럼
노인의 관절 밑에서 조용히 눈을 감고 있다
어머니께서 팔을 얹을 때마다 삐거덕거리는
기억에서 못내 자유롭지 못한 생각들이 걱정들이
스스로 밀려왔다가 모서리에서 깎이고 깎여
종래엔 반들반들해진 의자의 한 가족이 된다
사실 처음부터 그렇게 윤택했던 건 아니었다
모서리는 팔이 가 닿을 수 없는 세상의 끝
팔을 들 때마다 팔뚝에 달라붙는 작은 흔적들은
이제 와서 무엇을 말하려고 하는지
노쇠한 창밖 풍경을 바라보며 가래 끓는 소리를 내고 있다

그대의 모서리가 닳아 내게로 들어온 아침
하릴없이 침묵으로 일관하는 정오의 거리마다
햇빛들의 입자가 떠다녔다
악다구니 쓰며 살아온 시간

손에 쥐어진 게 아니면 모든 걸 의심하던 순간에도

누군가는 생을 노래하고 일을 하고 월급을 타고

직장을 나서면 식탁의 모서리에서 고기를 구웠을 것이다

돌아가던 술잔마다 그대가 전부였던 때

모서리가 둥글어지는 것들을 추스르며

살아가야 할 날들이 살아내야 할 날들이

그대 앞에서 조용히 피어나던 때

어머니께서 앉아 계셨던 의자가 길게 하품을 한다


그대 앞에서 모난 상처를 핥고 있는 커다란 나무 한 그루
가 조용히 둥글어진다

# 나의 서정시는

본디 도시의 변두리가 고향인 나는
그동안 어디 가서 서정시를 얘기할 때면
괜히 기가 죽어 구석으로 모퉁이로 숨기에 바빴다
누구처럼 기가 막힌 시골 출신도 아니고
폭포처럼 쏟아지는 별빛의 기억도
염소의 머리를 쓰다듬었던 애잔함도 없었으니
나의 서정시는 어디 가서 하소연해야 할까

나의 서정시는
서로의 온기를 나눠 갖는 판잣집들의 담장 위에
누군가의 원망처럼 병 조각으로 꽂혀 있고
수챗구멍에 걸린 밥풀들이 각자의 망명을 꿈꾸던 곳
퉁퉁 불어터진 라면 몇 가닥들이 냄비에서
서럽게 떨고 있는 숨결 사이로 저녁은 밀려들어 오고
일터에서 돌아온 가난한 아버지들이
훈장처럼 붙인 파스에 고단한 담배를 피우던 곳
비어 있는 쌀독을 바라보다

중풍 걸린 할아버지가 장맛비 같은 한숨을 내쉴 때에도
아기들의 기저귀는 빨랫줄에서 만장처럼 휘날리고 있었다
나의 서정시는
개장수에게 팔려가던 백구들이
한바탕 목이 쉬도록 짖어대는 오후의 적막
개를 팔고 울고 계시는 어머니의 품으로
말하지 않아도 위태로운 초겨울이
성큼성큼 기어오고 있던 늦가을 밤을

잠 이루지 못한 채 끙끙대고 있던
끝내 쓰지 못한 도시 변두리의 서정시 한 편

# 내가 모르는 너의 슬픔은

관자놀이를 통과해 간 눈물들 모두
너의 영혼을 감싸고 있는 그늘
아마 영점 일 밀리그램도 안 되는
탄소와 나트륨과 질소쯤 될 거야
내가 모르는 성분의 네 눈물이 떨어져 내릴 때
내가 모르는 네 한숨이 내 어깨 위에서 울고 있을 때
이 세상은 여전히 내가 모르는 것투성이
햇살이 내 안에 식민지로 내려앉을 땐
더 이상 슬플 게 없을 짐승들마저
최후의 고백 속으로 숨어 버리는 날이 오겠지
내가 알고 있는 그 어떤 것들도
무심하게 바다로만 침몰해 갔으니
슬픔이 비껴갈 땐 한 발 물러서서
모서리로 물들어 가는 노을을 바라볼 것
이 세상의 그 어떤 것들도
저절로 침묵하는 건 없을 테니까
스스로 자취를 지운 저 지평선에서

누군가 스치듯 지나쳐 갈 때

꼭 눈물의 성분으로 닳아가는 걱정마저

갚을 수 없는 빚으로 남아 있더라도 말이야

아쉽지만 잊어야 한다는 것도

잊으므로 다시 채워질 수 있다는 걸

알아야 하는 그 순간까지도

내가 모르는 너의 슬픔이

스스로 자취를 지울 수 있을 때까지만

# 허리

이 세상에 남아 있는 유일한 분단국가의 허리도 아닌데
아내의 허리에선 날마다
국지전 아니면 작은 교전이 일어난다

활처럼 휘어진 아내의 허리는
누군가 쓸쓸히 소멸해 가는 저녁 어디쯤 자리를 펴고
음영 속에서 활짝 웃고 있었다
흑백이 의미하는 것들을 뺀 나머지는
지금은 아무런 의미가 없었다
시간도 활처럼 휘어드는 오후의 한때
나는 종합 병원 엠알아이 영상실 앞에 앉아
고요한 하나의 정물이 되고 말았다

곤궁함이 먼 곳에서 밀려올 때
아내의 허리는 밤중에 홀로 깨어
슬픔의 문지방을 지그시 건너곤 했다
한밤의 고적(孤寂)은 또 어디서 와서 어디로 가는 것일까

고통의 시간은 꼭 어디선가 밀려오지만
또 어디론가 금방 떠나가곤 했다
내 시선이 스칠 때마다 아내의 허리는
홀로 앉아 밥을 먹고 병원에 가고 약들을 잘도 집어 삼켰다
사라져 가는 생계의 계산들이
뿌리째 뽑혀지던 가정의 질서를 교란할 때에도
아내의 허리를 바르게도 지탱하던 꿈들은 궤적을 그리며
방으로 주방으로 떨어져 내렸다

한 번도 생사의 경계에 서 보지 않은 사람들이
죽음을 두려워하지 말라고 쉽게 외치는 이 한밤
나는 흑백의 영상물 속에서 서서히 풍화돼 가는
아내의 허리를 조심스레 만져 보는 것이었다

# 환절기

한때 당당하던 그의 지문은 간 데가 없다
슬그머니 개인사의 뒤안길로 사라져 버린
손가락의 무늬를 그리워하다가 새벽 첫 버스를 놓쳤다
마지막 회를 향해 가는 드라마의 주인공처럼
인력 소개소를 향해 전력 질주한다
새벽 추위에 떨고 있던 개 한 마리
시선이 그와 마주치자 맹렬하게도 짖어댄다

아침부터 소주잔이 급속하게 이동한다
아픈 만큼 마시는 건지 마셔서 아픈 건지
모를 사람들이 피워 놓은 장작불 속에서
서로를 외면하던 눈동자들이 서럽게 울어 대기 시작한다
주민등록증을 건네고 하루를 저당 잡히는
그의 한숨 소리가 사무소 계단에 쌓여 갔다

여기저기 떨어진 단풍잎들은 저마다의 하루를 계산해 본다
그도 이번 생에 이루지 못한 것들의 목록을 적어 보다가

다음 생에서는 어떤 목록을 가진 이파리로 나무에 매달릴까
과연 몸 하나 누울 집 한 채 등기 낼 수 있을까
생각할수록 눈에는 힘이 들어가기 시작했다

한 끼의 식량을 얻기 위해서는
기나긴 침묵의 터널을 통과할 수 있어야 했다
끝내 호명되지 못한 일꾼들은 가슴마다 술잔을 얹어 두었다
소개소 앞을 서성거리던 봉두난발의 사내들 흩어져
남구로역으로 가리봉동으로 취생몽사하는 아침

중심을 비껴간 사내들이
하늘에 가깝게 올랐다가 추락한 가장들이
술병을 집어 던지며 흐느끼고 있다
결말을 낼 수 없는 사람들이 모여 있는 곳
철 지난 계절에도 또 누군가는 자기 몸을 바꾸고 있다

# 우리 동네 백옥 세탁소

한여름 찜통 더위에도 스팀 다리미의 열기는
희망을 타고 내려왔다 사라졌다
한껏 달아오른 쇳덩이를 잡은 그의 긴 남방 소매에선
끊임없이 땀방울이 솟아오르다 이내 긴 시내를 이루었다
실밥을 늘 머리에 이고 사는 아내의 기침이
선풍기 바람에도 비명처럼 쏟아질 때
여름 햇살만 투명하게 상가 골목을 휘감고 있었다
드르륵 드르륵 울리는 미싱 소리에 가끔씩
세상의 최후를 생각할 때도 있었지만
매 순간이 손가락 하나하나를 걸어야 하는 일이지만
서울에 올라와 어깨너머로 배운 건 이렇게 세상을 돌리는 일
저마다의 상처에 맞게 길이를 줄였다 늘리는 일
우리들 생애에 가장 아름다운 순간을 위해
천 조각 하나에도 오십견과 목 디스크의 처방전을 박음질
한다
흔들리는 것들이 가지런히 실에 투항할 때에야
세상은 다시 아름답게 배열됐다

길이가 맞지 않아 슬픈 바지들이

주름이 잡히지 않아 외로운 치맛자락이

초여름 삼복더위의 가게 안에서 너풀너풀 춤을 추었다가는

세상에 나아갈 노동자로 각자의 생을 부여받았다

프랜차이즈 세탁소들이 벌써 이 동네에도 세 개

무인 빨래방도 하나 둘 늘어갔지만

길의 끝과 끝에서 결국 같이 먹고살아야 하는

우리의 경계가 아득하게 펼쳐져 있다

라디오를 틀어 놓은 벽의 한쪽 구석에선

구성진 트로트 한 곡이 누군가의 귓속으로 귀환하고

미싱 소리 기울자 한 폭의 어둠만 조심스레 다가왔다

수선한 바지를 내어 주는 아내의 손만

어둠 속에서 백옥처럼 빛나고 있다

# 그의 휴대폰

내 친구는 하청 업체 노동자
그의 유품인 휴대폰에는 아직도 검은 석탄 가루가 묻어 있죠
어두운 작업장에선 조명이 안 들어와 손전등 대신 사용했
던 기계
정규직 직원들에겐 안전모에 헤드 랜턴이 있었지만
이마저도 지급받지 못한 이유는 단 하나
하청 업체 직원에겐 배정된 예산이 없거든요
오직 의지할 거라곤 휴대폰의 작은 불빛 하나
한 생애를 기계 하나에 맡기고 그가 들어간 곳에서는
오로지 행운의 여신만이 미래를 알 수가 있죠
상체를 컨베이어 벨트 안으로 들이밀 때마다
이후의 온전한 삶이 보장받을 수 있을까
하루에도 여러 번 가슴을 내리쓸지만
하강하는 중력에는 변함이 없거든요
컨베이어 벨트 주변을 점검하다 이상이 생기면
원청에 보고하기 위해서라도
석탄 가루 날리는 저 어둠 속을 뚫고서 가야 해요

귀청을 울리는 소음을 자장가 삼아

어머니께서 주신 몸의 절반을 안으로 들이미는 일은

그가 할 수 있는 이 지상에서의 마지막 천직이었죠

석탄 가루가 심하게 날려 앞이 잘 보이지 않고 소음도 커

숙달된 운전원도 몸을 안으로 굽혀 점검해야 하는 구간

분탄이 많아 이를 삽으로 퍼내다 보면

육체의 절반 이상이 빨려 들어갈 때에도

하청 업체가 수십 번 개선을 요구해도

최소한의 안전 교육도 없이 투입되는 나 홀로 근무만 남

아 있어요

외부에서 물을 쏠 수 있게 배수관을 하나 설치해 달라고

해도

돈이 많이 든다고 거절당하며

위험한 업무는 여전히 하청으로 내몰리는 이 모순의 밤

최후의 순간까지 쫓긴 친구들이 짐승처럼 우는 지금도

하늘에선 오롯한 정규직인 달과 별만이

처연하게 컨베이어 벨트 주변을 비추고 있겠지요

# 혁명과 은둔

어제는

정치꾼이 된 옛 친구를 만났지

그는 한때 귀족 노조가 되어 버린 회사에서

가슴에 이마에 띠를 두르고

한세상을 함성으로 채워 나갔었지

칠흑같이 보이지 않는 세상

귀머거리 벙어리 장님 삼 년에도

세상은 그 어떤 변명조차도 내어놓지 않았네


정치꾼이 된 어제의 동지들도*

귀족 노조가 된 후배도

재벌의 뒤를 닦는 변호사 선배도

고문 후유증으로 여태까지 노모가 대소변을 받아야 하는
친구도

사실은 독재가 그리웠던 어르신도

---

* 박민규,「절」, 2009년 이상문학상 작품집, 문학사상사(2009), p.235 –
236에서 일부 재인용.

잘 먹고 잘살게만 해 주면 그만인 민족도
여전히 건재한 친일파 후손도
그보다 더 건재한 발포 책임자도
어쩌지 않고 어쩔 생각도 없는 대다수도
실은 있지도 않았던 이념도
있어도 소용없는 법도
전설 속에서나 나왔던 민주와 민중도

하나만 물어 보겠네
천국은 과연 있을까?
아니 있었던 걸까?

저자 산문 · 시인의 말

# 삶에 뿌리를 내리지 못한 시는
# 진실성 없는 공허한 메아리일 뿐

**이용호**

제 시의 오랜 독자인 그와의 인터뷰가 있는 날, 때마침 지구에는 폭설이 내리고 있었습니다. 나타샤와 흰 당나귀를 데리고 시인 백석처럼 어디론가 떠나가고 싶은 겨울의 한 정점, 우리는 눈발이 날리는 길가에서 만나 악수를 하고 서로의 그간 안부를 묻고선 낯선 시골의 구석진 찻집에 자리를 잡고 앉았습니다. 찻집 가운데에 있는 난로에선 지글지글 주전자의 물 끓는 소리가 옛 의병의 진군하는 발자국처럼 들려오고 있었습니다. 끊임없이 내리는 눈들을 바라보며 세상의 모든 슬픔도 순백으로 덮여질 수만 있다면 얼마나 좋을까 하고 생각해 보는 겨울입니다. 이런 날은 이게 제격이죠. 그가 집에서 담갔다며 막걸리 두어 병을 탁자 위에 올려놓았습니다. 우리는 찻집 주인께 양해를 구하고 커피와 녹차와 막걸리를 차례로 마시며 한겨울의 대화 속으로 천천히 이동해 갔습니다. 그가 조심스럽게 제게 첫 질문을 했습니다.

　– 2017년에 출간된 시인의 두 번째 시집『내 안에 타오르던 그대의 한 생애』와 이번 시집의 차이점은 있을까요? 새로운 시도라고 할 수 있는 게 있을까요?

　두 번째 시집은 제게 있어 참 사연이 많은 일종의 탕아와 같은 존재입니다. 첫 시집을 1996년에 냈으니까 두 번째 시집은 햇수로만 거의 21년 만에 나온 셈이죠. 그 긴 세월 동안 시를 안 쓴 것은 아닌데 일상생활에 묻혀 있다 보니 어떻게 그렇게 됐습니다. 몇 개의 문학상을 받은 작품도 수록돼 있고 또 세종도서 문학 나눔에 선정되기도 해서 많은 지역 도서관에 소장되게 됐습니다. 개인적으로 참 애착이 가는 시집입니다. 어머니께서는 이 시집을 서점에 가서 구입하셔서 살고 계시는 지역의 도서관이나 복지 센터에 기증하셨다고 해요. 전화기 너머 건너오는 그때 어머니의 차근한 음성이 지금도 잊히지 않습니다. 그런데 그때 어머니 말씀 중에 제 의식을 깨우는 게 있었습니다. 아, 이런 게 바로 시가 아닐까 하는 생각이 들었습니다.「팔순의 어머니께서 아들의 시집을 읽으시네」는 그 순간에 떠오른 단상을 조금은 처연하게 기록한 것입니다.

시가 뭐 별거겠니
사람의 마음을 움직이면
그게 시겠지
하루 세 끼 잘 챙겨 먹고 술 좀 줄여라
시도 먼저 사람이 있고 그 다음인 거지
뭐 별거겠니

나는 어두워 오는 산사(山寺)에 앉아
어머니 말씀을 전화기로 듣네
하루를 아들 걱정으로 공양하시는 분의 음성이
풍경 소리에 얹혀 이승을 날아가고 있었네
아들의 시집을 서점에서 몇 권 사
동네 경로당과 복지센터에 갖다 주셨다지
이게 내 아들의 시집이라며
읽을 만하다며 자랑하셨다는 말씀 너머에도
하루해가 지나가고
꽃잎들 하나 둘 하염없이 피었다 졌을 텐데
독경 소리에 번져 오르는 어머니 말씀을
눈물로 닦고 닦으며 듣고 있네

부처님 말씀처럼
알아듣게 써 봐라
대체 무슨 소린지 모르게 쓴다면

지나가는 소도 웃을 일이지
나뭇잎 하나에도 말씀을 전하는 게
풀 한 포기에도 가슴을 얹어 두는 거
그게 시가 아니겠니
뭐 시가 별거겠어
다 사람 사는 일이지

　　　　　—「팔순의 어머니께서 아들의 시집을 읽으시네」

　독실한 불교 신자이신 어머니께선 불경을 많이 읽고 계신데 부처님 말씀처럼 알아듣게 써 보라고 하신 것에서 많은 생각이 들더군요. 바로 여기에 오늘날 우리 시의 반성할 문제가 있진 않을까요? 해석하기에 급급한 시는, 읽히지 않는 시는, 시인 자신도 이해하지 못하는 시는 진짜 어머니 말씀처럼 지나가는 소도 웃을 일이 아닌지 모르겠어요. 시에 있어서 소통의 문제를 거론하지 않더라도 최소한 나부터라도 쉽게 읽히고 독자에게 다가갈 수 있는 시를 써야겠구나 하는 깨달음 같은 게 있었습니다. 언제부턴가 시인들이 시는 길고 난해하게 써야지만 격조가 있다고 생각하는 것 같아요. 말이 나온 김에 옛날이야기를 하나 할게요. 다들 그렇겠지만 저의 유년 시절도 가난에서 자유롭지는 못했습니다. 연탄을 한두 개씩 낱장으로 사고 쌀도 종이 봉지로 사 먹던 시절에 집에 키우던 개가 있었습니다. 시골에

사시던 어머니의 할머니께서 증손자의 출생을 기뻐하시면서 선물로 강아지 한 마리를 갖다 주셨다고 해요. 말하자면 저와 출생 동기인 셈이겠네요. 어렸을 때니 기억이 가물가물한데 아마 제가 대여섯 살 됐을 거예요. 하루는 어머니께서 부엌에 앉아 하염없이 눈물을 흘리고 계시는 거예요. 밖에서 놀다가 들어왔는데 평소에 들려야 할 개 짖는 소리는 들리지 않고 개집이 텅 비어 있었어요. 식구들 먹고 남은 밥으로 개를 키웠는데 우리들 먹을 것도 없으니 할 수 없이 때마침 동네에 온 개장수에게 키우던 개를 팔아 버린 거죠. 안 가려고 그렇게 발버둥이 치는 개가 자꾸만 떠올라 며칠 동안 밥을 먹을 수 없었다고 나중에 그러시더라고요. 시가 그런 게 아니었을까. 나의 주변을 맴도는 존재에 대한 한없는 연민에서 시가 출발한다고 생각해요.

참, 이번 시집에서 새롭게 시도한 게 있냐고 물어보셨는데 제가 다른 이야기만 계속했네요. 이번 시집에서는 새로운 시도라고까지는 할 수 없겠지만 여행과 역사에 대한 시가 이전보다 좀 많이 수록돼 있어요. 특히 제주 4·3을 소재로 해서 쓴 시가 여러 편 있는데 제 나름으로는 그때의 비극을 서정적으로 새롭게 조명해 보고 싶었어요. 역사의 교훈이라는 관점이 아닌 그 시대를 살아가고 있는 인간의 관점에서 독자들과 함께 공유해 보고 싶은 노력의 산물이라고 할 수 있죠. 시를 쓰기 위해 여행을 다니는 것이 아니라 좋아하는 여행을 통해 사람들의 살아가는 이야기를 제 시로 승화해 보려고 노력했습니다. 왜냐하면 제주의 4·3은 아직도 살아 있는, 미해결의 숙제이니까요. 제주도에는 특이하게도 창조신화에 해당하는 대할망 전설이 있더군요. 제주도를 만든 설문대할망이라는 신적인 존재가 있는데 읽어보니 굉장히 재미가 있었어요. 제주도 땅은 대할망의 몸이고 바닷물은 대할망의 소변이라는 상상력이죠. 그런 신적인 존재가 만약에 우리 현대사의 비극인 4·3을 바라본다면, 그것도 자신이 창조한 땅에서 일어난 일들을 바라본다면 어땠을까 하는 데서 이 시는 출발하죠.

이 섬사람들 모두 이렇게 죽고 나면 누가 있어 씨앗을 뿌리고 말을 먹이고 소돼지를 칠 것인지, 아아 이런 날이 올지 몰랐다고 대할망은 자신의 발등을 낫으로 찍으며 섬을 만든 걸 후회하며 울고 또 울었습니다

대할망은 한라산에서 엉덩이를 들고 일어나 한 발로 한라산을 딛고 팔 한쪽으로 성산봉을 안으며 관탈섬을 빨랫돌 삼아, 꼭 한 번 좋은 세상으로 바뀔 날이 올 것이야, 칭얼거리는 바다를 손주처럼 달래며 위독한 연기를 온몸으로 들이키려다가, 죽음으로도 닿지 못하는 눈물의 계곡이 이 섬에 있다는 걸 비로소 깨달았습니다

―「대할망의 눈물」중에서

4·3 때 희생된 사람들이 같은 부락의 사람들일 때에는 제 삿날도 모두 같다고 하더라고요. 제사야 지내는 시간이 거의 일정하니깐 한 마을에서 일제히 축문이 읽혀지고 향이 타오른다는 것이 지금도 살아 있는 이 땅의 비극이라는 생각이 들었어요. 어디 이런 일들이 비록 제주도에서만 있었나요? 정도의 차이겠지만 지금 일터에서 일하다가 불의의 사고로 목숨을 잃은 수많은 노동자들도 이 땅에서 계속 일어나고 있는 현재 진형형의 비극이 아니겠어요? 단군께서 살아서 이런 일들을 보신다면 어떻게 생각하고 계실까? 이렇게 살라고 홍익인간의 이념으로 나라를 세운 건 아니지 않을까 하고 후회하고 계시겠죠. 제가 몇 구절 읽어 보겠습니다.

아버지들의 제삿날이 모두 한 날인 우리 마을에선
상차림을 할 수 있는 밥상도 소각 때 불타고 없어져
병든 큰형님이 하루 종일 가슴으로 낫을 갈아 제상을
깎았어요
어둠도 밀려와 흐느끼다 가는지
군데군데 저녁의 냄새를 뱉어놓는 자시(子時)가 되면
먼 산의 그림자는 자꾸 달빛을 깎아 먹고
송진 내음 어슴푸레 풍기는 제상 위에는
묵 한 모 마른 생선 세 마리
그 옆엔 고사리 무나물 한 접시

그래도 흰 쌀밥을 고봉 높게 진설하면
기나긴 울음들은 어디로 또 흘러들어 가는지
많고 많던 눈물들도 모두 소각되는 것 같았어요
뚝뚝 눈물을 훔치고 나서면
거의 한날한시에 교향곡처럼 울리는 곡소리가
우리들 귓가를 아프게 저며 왔어요

—「우리들의 제삿날」중에서

제주도가 고향이 아닌 제가 감히 제주의 비극을 말한다
는 것은 좀 맞지 않지만 오히려 저 같은 방외자의 입장에서
제주를 바라보는 것이 더 문학적이지 않을까 하는 일종의
자기변명을 해 봅니다. 모든 존재들은 다 자신만의 목소리
를 갖고 있어요. 모기 같은 미물에게서 나는 물리적인 소리
가 아니라 모기라는 존재 자체에서 나오는 그림자 같은 것
이죠. 그것을 받아 적는 것이 또한 시가 아닌가 합니다. 시
는 시인이 쓰는 게 아니라 시인이 이 세계로부터 받아내는
것일 거예요.

— 이번 시집에는 많은 지명들이 등장합니다. 여행을 많이
다니시는 이유가 있는지요? 많은 지역을 시의 제목으로 정
한 이유가 있는지요?

지난 시집에서는 제가 대학에 다니며 질주했던 80년대 청춘의 한 시대를 그려보고 싶었어요. 흔히 말하는 후일담으로서의 성격이 강했죠. 하늘에는 별 대신 수를 놓던 돌멩이와 구름 대신 피어오르던 최루탄 가스가 난무하고 있었고 아! 대한민국이라는 노랫소리에 광주의 아픔이 묻혀 있던 시대였잖아요. 고문과 억압의 시대를 헤치며 우리가 도달한 곳은 과연 어디일까 하는 회의감이 밀려 온 게 사실이었어요. 혁명을 외치던 대학 시절의 친구들이 하나 둘 자본주의의 틀 안으로 정착해 갈 때 남는 것은 역시 변함없는 자본의 논리였어요. 저도 역시 별 수 없기는 마찬가지였죠. 그 안에서 어떻게든 살아야 한다는 절박감이 강했죠. 생존은 그 어떤 실존보다도 선행한다는 것을 알게 됐죠. 제가 질주해 간 80년대의 틀 속에서는 이해할 수 있는 것들이 지금은 오히려 이해 안 되는 시절이잖아요. 나의 이익과 관계없는 여러 사람들의 공익과 이념을 위해 헌신한다는 게 지금의 논리론 이해가 안 되죠. 그 정신적 공허함을 메우기 위해 무작정 떠났는지도 모르겠습니다. 그래서 가끔씩 혼자 여행을 다니며 많은 생각들을 해 보게 됐어요. 개인적으로는 여행을 다니면서 점심이나 저녁은 대부분 그 지역의 기사 식당이나 편의점에서 해결하는데 혼자 식사하면서 주위의 분들을 보면 다들 얼마나 열심히 살고들 계시는지 그 모습 자체가 한 편의 아름다운 시였어요. 여행 중에 때를 맞춰 식사하기는 참 어려운데 제때에 맞춰 식사를 하는 것도 이 세상에 타고난 복이라는 생각이 들 정도니까요. 식당의 손님들은 대부분 택시나 화물차, 택배 차량의 운전기사들이거나 그 지역 공장에서 일하는 외국인 노동자들이죠. 식사를 하는 시간에도 끊임없이 휴대폰을 바라보며 주문을 확인하고 일감을 찾는 그들의 모습은 성스럽기까지 했으니까요. 인상적인 것은 외국인 노동자들이 식사하던 모습이에요, 한눈에도 동남아 지방 어딘가에서 왔을 것 같은 외모의 앳된 젊은이들이 삼삼오오 모여 앉아 알아들을 수도 없는 이국의 말들을 끊임없이 뱉어내며 매운 김치찌개에 청국장, 된장찌개까지 맛있게 먹고 있는 것을 바라볼 때의 감흥을 잊을 수가 없었습니다. 가장 아름다운 모습은 나와 가족의 밥벌이를 위해 최선을 다하고 있는 인간의 모습이 아닐까 하는 생각이 들었으니까요. 이 세상에 노동하지 않는 존재는 없잖아요. 시인도 일종의 글쟁이 노동자이니까요. 여행을 다니다 보면 이렇게 살아가는 사람들의 구체적 삶의 모습을 제 눈으로 직접 확인해 볼 수 있어 좋습니다. 그래서 밥을 먹다가도 주변 사람들의 모습을 바라보며 그들의 삶에 어떤 사연이 있을까 상상해 보기도 합니다. 밥집에 홀로 앉아 식사를 하면서도 제 오관(五官)은 다 열어 두고 있는 셈이죠.

'강아지 똥'으로 유명한 동화 작가 권정생 선생이 돌아가시기 전까지 거주하시던 집에 갔을 때가 기억에 남아요. 안동의 외딴곳에 자리하고 있는 선생의 집은 표지판이 없었다면 아마 찾을 수 없었을 거예요. 선생의 생가에서 바라본 해질녘의 빌뱅이 언덕에는 마치 선생의 삶이 그대로 농축돼 있는 것 같았어요. 지역의 명칭 이외에 다른 어휘를 제목에 붙이지 않은 것은 그 여행의 순간순간에서 풍겨 나오는 시적인 진실의 감흥을 훼손하고 싶지 않으려는 제 나름의 의식이 반영돼 있기 때문일 겁니다. 장소와 지역에 대한 관심을 드러낸 시는 사실 우리 주위에 많이 있습니다. 그러나 개인의 감성에 기초한 사유가 대부분인 것 같아 아쉽다는 생각을 많이 해 왔어요. 저는 우리나라의 여러 곳을 다녀보면서 각 지역마다 나름대로의 특성과 의미가 있다는 사실을 알고 여기에 보다 나은 삶과 사회를 실현하기 위한 보편적 가치를 투영해 보면 어떨까 하는 생각을 해 왔어요. 목포 등지의 호남 지역에서 발효와 겸손의 이미지를, 부산 월내항 등의 영남 지역에서 연대와 공존의 의미를 형상화해 보는 것이죠. 이번 시집에서는 '장소성'이라는 화두를 바탕으로 하여 우리 시의 의미 지평을 넓혀 보고자 했어요. 그 속에는 유배나 의병의 소재가 있고 방랑과 성장이 있으며 고독과 은일, 생태 환경과 역사가 자리 잡고 있어요.

　－ 고향이 서울이라고 들었는데 그래서 더 여행을 많이 다니시면서 시의 소재를 얻으려는 게 아닐까 하는 생각이 드네요. 저번 시집에서도 그랬지만 이번 시집에서도 주위 이웃들에 대한 관심과 애정이 표현된 작품들이 많이 있는지요?

제 고향은 전형적인 서울 외곽 변두리로서 시장과 역이 있는 곳이었죠. 말이 서울이지 대부분의 사람들은 시골에서 서울로 올라와 삶의 터전을 임시로 마련한 분들이었습니다. 일용직 아니면 시장과 역전에서 장사를 하거나 공장이나 술집에 나가는 사람들이었죠. 어렸을 때 본 것은 삶의 고단함 속에서도 최선을 다해 자식을 키우고 돈을 모으던 사람들이었습니다. 다른 시인들은 시골이 고향이라 자기가 태어난 곳에 대한 아련한 추억과 함께 언젠가는 그곳으로 되돌아가고 싶은 열망들이 있더라고요. 그러나 제게는 언젠가는 돌아갈 고향이 사실 없는 셈이죠. 장소는 재개발로 인해 이미 다 변해 버렸고 사람들은 이곳저곳으로 역시 뿔뿔이 흩어졌거든요. 시골을 고향으로 두고 그곳을 계속 그리워하는 다른 시인들이 사실 부러울 따름입니다. 그렇다면 나에게서 진정한 나의 서정시는 과연 존재할 수 있을까 하는 생각에서 써 본 게 「나의 서정시는」이라는 시예요. 제 고향에 대한 추억이라고나 할까요.

> 일터에서 돌아온 가난한 아버지들이
> 훈장처럼 붙인 파스에 고단한 담배를 피우던 곳
> 비어 있는 쌀독을 바라보다
> 중풍 걸린 할아버지가 장맛비 같은 한숨을 내쉴 때에도
> 아기들의 기저귀는 빨랫줄에서 만장처럼 휘날리고 있
> 었다

나의 서정시는

개장수에게 팔려가던 백구들이

한바탕 목이 쉬도록 짖어대는 오후의 적막

개를 팔고 울고 계시는 어머니의 품으로

말하지 않아도 위태로운 초겨울이

성큼성큼 기어오고 있던 늦가을 밤을


잠 이루지 못한 채 끙끙대고 있던

끝내 쓰지 못한 도시 변두리의 서정시 한 편


—「나의 서정시는」 중에서


　제가 어렸을 때 계속 봐 왔던, 육체노동을 업으로 삼고
있는 사람들의 모습은 지금도 기억에 남아 있어요. 그런데
그때나 지금이나 노동의 현실은 사실 별 차이가 없더군요.
일하다가 노동자들이 계속 죽는 현실도 개선되기보다는 기
업의 이윤이라는 자본주의의 논리에 묻혀 있죠. 이런 산업
재해의 문제는 그 어떤 논리를 떠나 인간의 목숨이라는 기
본적인 시각 속에서 다루어져야 하는데도 전혀 나아지지
않고 있죠. 제가 시인으로서 할 수 있는 것은 무엇일까 하
며 심각하게 반성도 해 봤어요. 친구의 부친상에 조문을 가
서 밤을 새우고 새벽에 전철을 타고 집에 오려고 했는데 그
때 마침 서울의 최대 인력 시장 중의 하나인 남구로역을 지

나가게 되었어요. 새벽인데도 그렇게 많은 사람들이 나와 일자리를 얻으려고 추위와 싸우는 모습을 보며 제가 대학에 다닐 때 잠시 나갔었던 막노동에의 추억이 떠올랐습니다. 물론 저는 아르바이트로 한 것이니까 생업은 아니었기에 일종의 낭만적인 시각이 들어 있었겠죠. 추위를 피하기 위해 모닥불을 피워 놓고 자신의 이름이 호명되기를 기다리는 노동자들의 숫자에 놀랐고 그들의 표정에 또 한 번 놀랐습니다. 전혀 표정에 변화가 없는 거예요. 날이 밝아 오고 끝내 일거리를 얻지 못한 분들이 일제히 돌아서는 모습은 그 어떤 일출이나 일몰보다도 장엄했어요. 자연 속에서 뭔가를 발견하는 것 이상이었죠. 부산에 여행을 갔을 때 월내항이라는 곳에 가게 되었는데 그곳은 아름다운 항구이면서 멸치로 유명하죠. 멸치를 그물에서 털어 내고 빨리 운반해서 쪄야 하는 바쁜 노동의 현장이잖아요. 잠시 쉬고 계시는 어부 한 분과 이야기를 나눌 기회가 있었는데 그분이 하신 말씀 중에 한 마디가 뇌리를 떠나지 않더군요. 오늘이 죽은 아내 기일인데 이렇게 일이 많아 제사를 지낼 수 있을지 모르겠다는 말씀에 그만 고개가 숙여졌어요. 가혹한 노동과 죽은 아내의 기일이라는 묘한 관계 속에서 「월내항」이라는 시가 나온 것이죠. 이럴 땐 제 여행이 현지에서 살고 계시는 분들에게는 일종의 사치가 될 수도 있겠구나 하는 막연한 두려움도 느끼곤 합니다.

사내가 제방에 앉아 소주를 마시며 바다를 바라본다 제
몸 하나 추스르기에도 버거운지 바다도 가끔씩 말을 걸어
온다 어떨 때는 자신의 족적을 남기려는 듯 사내 주변에
한창 머무는 때도 있었다 바다도 작은 가슴으로 한세월을
버틸까 먼저 세상 떠난 아내의 음성이 모래사장으로 가끔
씩 기어나온다 무정한 사람, 슬리퍼 하나 사서 내일은 아
내의 산소에 가야겠다고 사내가 거친 숨을 몰아쉬었다 가
게에서 흥정을 하는 아낙의 그림자 위로 아내의 환영이
멀리서 장맛비로 밀려오고 있었다 사내는 눈물을 훔치다
말고 바다가 전해 주는 비릿한 냄새를 맡는다 그래, 이젠
일어나야지 내 생애에 가장 빛나던 순간으로 다시 돌아가
자, 집으로 걸어가는 사내의 등 뒤로 수평선이 아득히 출
렁이고 있었다

—「월내항」중에서


– 그래서 장소마다 사람들의 사연이 있다고 느껴지는군요.
그렇게 여행지에서도 사람들의 삶이 있고 사연이 있는 까닭
은 무엇인지요? 여행을 떠나면 보통 화자의 감정이 드러나야
하는데 그러지 않고 항상 주변 사람들의 삶에 너무 집착한다
고 생각하지는 않으신지요?

여행지에서의 시인의 얼굴이나 목소리가 시의 표면에 드

러나는 것을 일부러 피해 봤어요. 이건 제가 의도적으로 그렇게 설정해 본 것이죠. 다른 시인의 작품에서 흔히 볼 수 있는 여행지에서의 화자의 감성은 대부분 상실과 결핍 또는 새로운 인식과 인생에 대한 깨달음 정도였어요. 오히려 여행지에서 만난 사람들의 삶과 그들의 사연이 더 새로운 시의 영역이 될 수 있겠구나 하는 생각에서 화자의 주관이나 감정을 내세우지 않았습니다.

남해의 끝 통영에 있는 대표적인 명소 중에서 서호시장에 여행을 갔을 때예요. 그 지역 음식 중에서 통영 시락국이라는 게 있죠. 시락은 시래기의 그 지역어로서 시래기를 넣고 끓인 국입니다. 제 옆자리에 계신 노부부 한 쌍이 어찌나 시락국을 맛나게 드시던지 한동안 두 분이 식사하시는 모습을 물끄러미 바라보고 있었어요. 부족한 반찬이 있으면 갖고 와야 하는데 남편 되시는 할아버지께서 계속 반찬을 갖고 오시면서 부인께 이게 맛나니 먹어봐 저것도 맛있어 하면서 계속 밥술 위에 반찬을 얹어 주시는 거예요. 가만히 보니 그 부인은 무슨 병인지도 몰라도 팔 한 쪽을 쓰시지 못하고 나머지 팔 한 쪽으로 겨우 수저를 드시는데 흔들리는 숟가락에서 국밥이 조금씩 떨어지고 있었어요. 옆에 계시던 할아버지께서는 기다렸다가 반찬을 계속 얹어 주시고 나중에는 숟가락으로 아예 밥을 먹여 주시더군요. 그때 제 머릿속에는 아무 생각이 들지 않았습니다. 거창한 사랑도 이곳 통영의 노부부에겐 살아 있을 때 유명한 시락국을 마주앉아 한 번 먹어 보는 것 이상일 수 없겠구나 하는 애틋한 생각이 들 뿐이었어요. 우리가 말하는 사랑이라는 것도 결국엔 맛있는 음식을 놓고 같이 먹어 보는 것 이상일 수 없겠구나 하는 애절함이 배어 있었어요. 그 장면에 통영의 분위기와 우리들의 보편적인 사랑의 모습을 입혀 보았을 뿐입니다.

시락국에 밥을 말아 한 입 두 입 뜰 때마다
통영의 햇살은 시장 한 귀퉁이에서 부서져 갔었네
너를 사랑하는 것은
단지 살아 있을 때 이렇게 만나
구석진 시장 골목에서 시락국에 밥을 말아 먹으며
숟가락질하는 너의 소리를 귀로 헤아리는 것
댕댕댕 쩝쩝쩝 소리 하나하나에
통영의 바다를 얹어 두고
이렇게 그리웠다고
시락국에 얹혀진 시래기만큼이나 기다렸다고
고백해 보는 대낮의 서호시장
통영 시락국 한 그릇

—「통영 시락국」중에서

**– 이번 시집에는 어떤 연서 같은 느낌의 시들도 꽤 있던데 이루지 못한 사랑에의 아쉬움과 상처의 흔적들이 곳곳에서**

**보이는 것 같아요. 역시 시인의 체험에서 나온 것이겠죠?**

우리가 사랑이라고 할 때 그 대상은 키우는 강아지일 수도 있고 오랜 친구일 수도 있고 또 소중한 가족일 수도 있겠죠. 사랑의 대상이 누구냐 하는 것은 사실 중요하지가 않죠. 눈여겨봐 둬야 할 것은 우리 주변에 영원히 있을 것 같은 모든 존재들이 다 시간의 흐름 속에 있고 그 속에서 서서히 늙어 간다는 것이겠죠. 제가 사랑하는 대상의 늙어 가는 모습을 옆에서 바라본다는 것만큼 슬프지만 아름다운 일도 없다고 봅니다. 그 모든 게 일단은 살아 있어야 하잖아요. 오히려 누군가 저의 그러한 삶의 윤회를 바라봐 주는 대상이 있으면 얼마나 좋을까 생각해 보기도 합니다. 사랑이라는 어휘는 그 기원을 따져 본다면 '생각하다'라는 의미에서 왔다고 하네요. 누군가를 사랑하는 것은 사실 그 누군가를 마음속으로 계속 생각하고 있다는 것이지요. 물론 시에 담겨 있는 기본적인 정서는 제 체험이 육화된 것이죠. 제가 생각한 사랑이 나름대로 형상화되어 있는 시가 바로 「오이도 등대」라는 시예요.

세상의 끝에서 그대를 지킨다는 마음으로 오늘의 수평
선을 바라보고자 합니다 가도 가도 끝없이 넓은 하늘로
필사의 각오를 하고 바닷새 떼들 날아가지만 새롭게 버려
야 하는 것을 너무나 잘 아는 까닭에 절반은 뭍에 가두고

나머지 반은 빗장을 열어 둔 채로 그대를 받아들입니다 전에는 허공을 향하여 내 안에서 타오르는 소중한 것들을 무조건 내놓았지만 정작 셈을 하고 미래의 손익 분기점을 생각지는 않았습니다 그 무엇을 원하지도 않았으니 당장에라도 달라질 건 없을 것입니다 서서히 다가오는 태풍도 점차 사그라든다는 일기 예보를 듣고 나니 이제 마음 놓고 시선은 저 능선 위에 떠 있는 별들에게도 주고 싶습니다 얼마 전 내린 폭우로 이것저것 쓸려갔을 지상에서의 걱정도 저만큼 쌓여 있을 테지만 바람이 잦아들면 또 해가 떠오르듯이 남부럽지 않을 것들도 서서히 내어놓을 것입니다 시선을 거두는 곳에 새로운 항로를 묻고 그대에게 보내는 기호에 민감하듯 부름에 응하는 것들에게는 마음에 꺼지지 않을 오롯한 등불 하나 계속 켜두겠습니다 그러다 하늘에서 임종을 고하는 별똥별 하나라도 떨어지면 폭풍우 속에서도 떨고 있을 그대를 살피는 일 또한 잠시도 거르지 않을 것입니다, 그럼 이만 총총

—「오이도 등대」

세상의 끝에서 그대를 지킨다는 마음으로 그 사람을 바라보는 것, 미래의 손익분기점을 생각하지 않는 것, 그대를 밝히는 마음의 등불을 켜놓는 것, 임종을 고하는 마지막 순간에도 내가 아닌 그대를 살피는 것 등이죠. 인간은 사랑의

감정을 마음에 품고 있을 때가 가장 아름다운 인생의 절정기를 사는 게 아닐까요.

— 마지막 질문이 될 것 같네요. 좀 진부한 질문을 하나 드리면서 이 자리를 정리하고자 합니다. 시인이 생각하는 시는 어떤 것인지요? 시가 우리에게 무엇을 해 줄 수 있을까요?

시를 통해 무슨 인류를 구원하다느니 새로운 삶에 대한 인식과 통찰을 한다는 등의 말들을 합니다. 다 맞는 말이지요. 그러나 우리가 이 세상을 살아가는 이유가 어디에 있을까 하고 생각해 봅니다. 모두 다 행복하게 살기 위해 치열하게 하루의 삶을 인내하는 것이 아닐까요? 시가 시로서 존재할 수 있는 것은 인류의 행복을 위해 꼭 필요한 것이기 때문일 거예요. 그것에 시의 존재 이유가 있다고 생각합니다. 시인은 바로 인류의 행복을 위해 복무해야 하는 존재겠죠. 인류의 행복을 위해 복무하는 것이 그럼 시인밖에 없냐고 한다면 또 그건 아니지요. 그 많은 가운데 하나일 뿐입니다. 그러나 시를 통해 인류가 행복해지기 위해서는 그 뿌리가 우리의 구체적 삶의 현실에서 벗어나 있으면 안 된다는 게 중요합니다. 관계와 관계를 맺고 있는 모든 존재들이 내는 소리에 귀를 기울이고 그것을 받아내는 것이 시인의 일이요 그 결과물로 시가 존재한다고 봅니다. 우리는 관계 속에서 상처를 받고 고통스러워하지만 그것을 치유할 수 있는 것도 결국 존재와 존재의 관계에서 이루어지는 것이지요. 어떤 시를 접했을 때, 그렇지 이건 바로 나도 느낀 것인데 하는 공감 속에서 인류는 행복한 삶을 위한 첫발을 내디딜 수 있을 것입니다. 그걸 대신해 줄 수 있는 존재가 필요한데 그게 바로 시인의 역할인 것입니다. 우리의 삶에 뿌리를 내리지 못한 시는 그저 진실성 없는 공허한 메아리일 뿐이죠.

그와의 인터뷰를 마치고 찻집을 나오자 눈발이 더욱 거세졌습니다. 하늘에서 떨어지는 눈송이들은 마치 대지에서 만날 누군가와의 약속을 지키려는 듯이 낙하하고 있었습니다. 우리는 찻집 앞에서 악수를 하고 헤어졌습니다. 폭설을 맞으며 숲으로 걸어 들어가는 그의 뒷모습을 물끄러미 바라보고 있었습니다. 그런데 참으로 이상했습니다. 불현듯 그가 떠난 숲속에서 어머니의 음성이 메아리가 되어 다시 제게로 되돌아오고 있는 게 아니겠습니까? 저는 그 소리를 하염없이 듣고 있었습니다.

시가 뭐 별거겠어. 다 사람 사는 일이지.

내 시는
고독한 식민지의 애국가
그대에게 바치는 이 세상의 마지막 헌사
차마 말하지 못했던 고백쯤 될까

내게 온 모든 것들은
이제 낡아 가고
조금씩 늙어 간다

내 시가
그대의 허물어진 뒷모습을 감쌀 수만 있다면
그리하여 그대에게
온기 가득한 손을 내밀 수만 있다면

이제 팔십의 고개를 넘어가고 계신
나의 영원한
늙어가는 옛 애인인
어머니께 이 시집을 바친다.

2021년 봄에

이용호